neue frau
herausgegeben von
Angela Praesent
und Gisela Krahl

Annika Idström

Die Liebe um uns

Roman

Aus dem Finnischen von
Gabriele Schrey-Vasara

rororo

Rowohlt

Titel der finnischen Originalausgabe
Kirjeitä Trinidiin

Erschienen bei Werner Söderström Verlag, Helsinki
Umschlaggestaltung Nina Rothfos unter
Verwendung einer Illustration von Britta Lembke

Veröffentlicht im Rowohlt Taschenbuch Verlag GmbH,
Reinbek bei Hamburg, August 1995

Druck und Bindung Clausen & Bosse, Leck
Printed in Germany
1290-ISBN 3 499 13581 7

In futurity
I prophetic see
That the earth from sleep
(Grave the sentence deep)
Shall arise and seek
For her maker meek;
And the desart wild
Become a garden mild.

William Blake,
The Little Girl Lost

I

Sehr geehrter Herr Dr. Syvärinen, ich schreibe Ihnen aus Eilat, dem Ferienort in Südisrael, am Roten Meer. Wir sind vor zwei Tagen hier angekommen; im Land befinden wir uns schon seit fast drei Wochen. Zuerst waren wir in Tiberias, dann in Jerusalem, und hier verbringen wir nun die restlichen Urlaubstage, die Heimreise ist für übermorgen vorgesehen.

Ich für mein Teil kann sagen, daß die Reise sehr gut organisiert war. Wir hatten gutes Wetter, bekanntlich ist der Frühling hier die schönste Jahreszeit. Nennenswerte Unruhen hat es nicht gegeben, die Menschen sind freundlich und hilfsbereit, die Mitreisenden erträglich, und der Reiseleiter ist mit der Kultur des Landes durchaus zufriedenstellend vertraut, wenn ich mir auch manchmal größere Genauigkeit gewünscht hätte. Alles in allem kann man sagen, und ich zitiere hier einen meiner Mitreisenden, daß die biblische Geschichte auf eindrucksvolle Weise lebendig geworden ist.

Zuerst wollte ich gar nicht mitfahren. Ich war noch nie im Süden, überhaupt erst einmal im Ausland, in Stockholm, vor Jahren. Als junger Mensch war ich der Ansicht, man sollte nur verreisen, wenn man sein Ziel zu Fuß oder per Fahrrad erreichen kann, aus eigener Kraft also. Echte Erlebnisse erwachsen aus wirklich Durchlebtem, daraus, daß man, sein Zelt auf dem Gepäckständer, im Mund den Geschmack von Schweiß und Blut, in die Pedalen tritt, bergab saust und sich das Gesicht vom kühlen Fahrtwind erfrischen läßt. Das Leben verlangt Muskelkraft und Mühe, es ist nicht nötig, sich pauschal irgendwohin verfrachten und wie Vieh in der Herde von einem Ort zum anderen treiben zu lassen.

In meiner Jugend war ich sehr streng und kategorisch, ein unerträglicher Prinzipienreiter. Jetzt, mit gut vierzig Jahren, habe ich gelernt, gelegentlich nachzugeben und sogar ein wenig das Leben zu genießen.

Eilat ist das Tor zu Asien, Afrika und Arabien. Im Westen liegt die Wüste Sinai, im Osten ragen die kargen, roten Berge Jordaniens auf. Knapp zweihundert Kilometer nördlich liegt das Tote Meer. Die Sonne scheint dreihundertsechzig Tage im Jahr, die Wassertemperatur sinkt so gut wie nie unter zwanzig Grad. Das Wasser ist sehr klar, und die Korallen sind in der ganzen Welt einzigartig. Unter den Ausflugszielen sind die Ruinen von Masada und das St.-Katharinen-Kloster sehenswert, allerdings hatte ich persönlich keine Gelegenheit, diese Orte zu besichtigen. Mir sind nämlich kleine Mißgeschicke widerfahren, von denen ich mich allmählich zu erholen beginne. Verursacht wurden sie vor allem durch meine Frau, doch ich bin ihr deswegen nicht gram. Sie war es auch, die mir dieses Zimmer verschafft hat, eine kleine Kammer im Erdgeschoß, mit gußeisernem Gitter vor dem Fenster. An den Wänden sitzen Kakerlaken und an der Decke ein Schwarm fetter, gleißender Schmeißfliegen. Eine Klimaanlage gibt es nicht, die Hitze ist zuweilen kaum zu ertragen, und doch beklage ich mich nicht. Mein Fenster geht auf den Innenhof, den die weiß verputzten Wände des Hotels umrahmen. In der Mitte des Hofs befindet sich ein Swimmingpool, rundherum stehen Liegestühle, Tische, Sonnenschirme und balsamierte Palmen.

An den Lärm, der anfangs meine Nerven strapazierte, habe ich mich schon gewöhnt. Das pausenlose Getöse des Geschirrspülers und anderer Küchenmaschinen und das laute hebräische Stimmengewirr, das vom Personal ausgeht, vermischen sich mit dem Gekreisch der Hotelgäste im Swimmingpool und der auf höchste Dezibelwerte aufgedrehten Musik aus den Lautsprechern. Nur das Dröhnen der Düsenmaschinen übertönt diesen Lärm; ob Sie es glauben oder nicht, in unmittelbarer Nähe unseres Hotels, beinahe mitten in der Stadt, gibt es eine Startbahn und einen Flughafen! Nachts beruhige ich meine erschöpften Ohren, indem ich dem Gesumm des Getränkeautomaten lausche; er schnurrt direkt unter meinem Fenster. Früh um sieben erscheinen die ersten Schwimmer auf dem Hof, manchmal noch früher, und dann beginne ich mich auf den bevorstehenden Lärm einzustimmen, indem ich mir das Federn des Sprungbretts, den Aufprall und die sonstigen Geräusche anhöre, die aus dem Becken dringen.

Aber die Sonne scheint, wie gesagt, mehr als dreihundert Tage im Jahr.

Ich bin Seppo Sirén vom Finanzamt Helsinki. Meine Kennziffer ist 171045-377K. Ich schreibe Ihnen das für den Fall, daß Sie sich nicht an mich erinnern; ich war vor ein paar Monaten bei Ihnen in der Sprechstunde. Ein Kollege hatte Sie empfohlen, Ihre Praxis liegt dem Amt gegenüber, und die günstige Lage war ausschlaggebend für meine Wahl. Ich habe Glück gehabt, vor dem Besuch bei Ihnen war ich nur ein einziges Mal beim Arzt.

Ich kam zu Ihnen, weil sich auf meiner Stirn überraschend eine Beule gebildet hatte, auf der rechten Seite. Weil ich mich nicht erinnern konnte, mir irgendwo den Kopf gestoßen zu haben, und weil die Beule immer dicker wurde, habe ich Sie konsultiert. Als auch Sie keine Erklärung dafür fanden, sagte ich, dann sei ich wohl gerade im Begriff, mich in einen einhörnigen Schafbock zu verwandeln. Sie fanden das sehr amüsant, und wenn ich mich recht entsinne, lachten wir beide. Beim Abschied sagten Sie, wenn die Beule nicht verschwinde, wenn sie weiter wachse und vor allem, wenn ich Ähnlichkeit mit einem Schafbock bekäme, solle ich mich melden, was ich versprach.

Ein Schafbock bin ich nicht geworden, auch wenn ich Ihnen jetzt schreibe. Alles ist in Ordnung, und es geht mir gut. Ich schreibe Ihnen, um Sie wissen zu lassen, daß alles im Lot ist und daß übermorgen die Heimreise ansteht. Ich bin Seppo Sirén, Finanzbeamter aus Helsinki, auf Urlaubsreise im Süden mit meiner Frau und meiner vierzehnjährigen Tochter. Meine Kindheit verlief normal, ich erinnere mich an nichts Besonderes, meine

Mutter war Witwe, Vater war an seinen Kriegsverletzungen gestorben. Ich habe nie den Verdacht gehabt, ich könnte etwas anderes sein, als ich bin, Seppo Sirén von einer städtischen Behörde auf Urlaub in Eilat, und Eilat ist eine Stadt am Roten Meer, dem Reiseprospekt zufolge das Tor zu Asien, Afrika und Arabien. Die Sonne scheint hier dreihundertsechzig Tage im Jahr, die Mittagstemperatur erreicht vierzig Grad, im Wasser aber kann man sich abkühlen, Tauchen ist lohnenswert, die Korallen sind einzigartig in der Welt. Ich habe das Schlimmste hinter mir und brauche mich nicht zu fürchten. Gestern konnte ich mich nicht auf meinen Namen besinnen, aber heute funktioniert mein Gedächtnis hervorragend. Ich bin Seppo Sirén aus Helsinki, übermorgen reise ich nach Hause, meinen Koffer habe ich schon gepackt, er steht neben der Tür, und in den Wandschrank habe ich meine Reisekleidung gehängt, einen leichten Blouson und eine helle Hose. Am Montag werde ich zur Arbeit gehen, rasch die Post durchsehen, die während des Urlaubs gekommen ist, und erledigen, was angefallen ist. Ich weiß nicht, wer ich bin, die Angst überwältigt mich. Ich bin Seppo Sirén, ein Beamter im Urlaub am Roten Meer, und das sagt mir überhaupt nichts – zwar funktioniert mein Gedächtnis hervorragend, aber das nützt mir nichts. Ich habe etwas verloren, ich weiß nicht, was es ist, ich habe meine Frau und meine Tochter verloren, aber von denen spreche ich jetzt nicht, sondern von mir, etwas fehlt mir, irgendein Leitgedanke, den ich einmal hatte, eine Stütze, um die sich mein Leben rankte. Vielleicht liegt es an der Sonne, an dem Licht, das einen blendet, so daß man schließlich nichts mehr sieht, nicht mal die Hand vor den Augen. Wenn ich nach Hause komme, wird alles wieder beim alten sein. Übermorgen ist es soweit, ich kann es kaum erwarten.

Seppo stöhnte und ließ sich auf das Bett fallen. Er konnte nicht einschlafen, sein Geist war klar wie der nächtliche Himmel über dem Hotel. Er begann über sein Leben nachzudenken, wie um sich selbst zu überzeugen, daß es darin nichts Merkwürdiges gab, daß er ein ganz normales, alltägliches Leben führte und daß diese Reise nur eine seltsame Abschweifung war, eine Laune des Zufalls, die er bald vergessen würde.

Er war im Osten der Provinz Uusimaa in bescheidenen Verhältnissen aufgewachsen. Die Mutter war Lehrerin gewesen, der Vater einige Jahre nach dem Krieg gestorben. An den Vater hatte er keine Erinnerung, die Mutter war zurückhaltend und pflichtbewußt, von den schwierigen Zeiten geprägt, still und sanftmütig. Sie wollte ihrem einzigen Kind eine Ausbildung ermöglichen und es zu einem anständigen Menschen erziehen, und das tat sie auch. Dann starb sie.

Sie hatten im Erdgeschoß eines Einfamilienhauses im Ortszentrum gewohnt, das obere Stockwerk hatten sie vermietet. Er erinnerte sich, daß er mit seiner Mutter ganz gut ausgekommen war, ernsthafte Reibereien hatte es nicht gegeben. Sonntags saß die Mutter am Fenster und schaute auf die menschenleere Straße, gegenüber war eine Tankstelle, starrte sie die an? Er hätte zu ihr gehen wollen, etwas sagen, sie trösten, aber er faßte nie den Mut dazu, und der Mutter fehlte ja nichts. »Man muß sich zusammenreißen«, war ihr Lieblingsspruch, nach dem sie auch immer wieder handelte, resolut und ohne Zaudern holte sie Eimer und Scheuertuch und fing an, den blitzsauberen Fußboden zu schrubben.

Besuch kam selten, sie hatten eigentlich keine Verwandten oder kannten sie nicht, irgendwo gab es ein paar Vettern und in Helsinki die Schwester der Mutter. Zu ihrer Schwester hatte die Mutter ein frostiges Verhältnis.

Seine Kindheit war einsam, aber ausgeglichen und geborgen, Seppo war still und verschlossen, er erinnerte sich nicht, unglücklich gewesen zu sein, allerdings auch nicht glücklich. So ist also das Leben, hatte er, wie er sich jetzt entsann, schon früh festgestellt, und so muß man es nehmen.

Er hielt sich häufig in der Natur auf, lernte die Vögel und Tiere des Waldes kennen und baute sich im Wald eine Hütte, in der er fast einen ganzen Sommer lang wohnte. In sein Tagebuch schrieb er: »Heute habe ich die erste Drossel gesehen, sie hat hell gezwitschert ... Ich bin auf den Baum geklettert, um nach dem Nistkasten zu schauen, gestern waren noch Junge darin, aber heute war er leer, vielleicht hat ein Specht seinen Besuch abgestattet ...? Ein verrückter Auerhahn hat mich gejagt, ich bin auf einen Baum geklettert und habe zugeschaut, wie er kollernd davonlief ... Auf dem Pfad bin ich einem Elch begegnet, ich bin auf einen Felsen geklettert, da hat auch er mich in Ruhe gelassen. Das Leben im Tier- und Pflanzenreich kann gefährlich sein, vielleicht liegt darin seine Faszination…«

Nach dem Abitur zog er nach Helsinki, seine Mutter hatte Geld gespart und kaufte ihm eine Einzimmerwohnung im Stadtteil Kallio. Er studierte, machte sein Examen und bekam eine Anstellung beim Finanzamt. Die hatte er nicht gerade angestrebt, aber etwas Besseres war ihm nicht eingefallen.

Die Mutter starb. Er war weiterhin einsam, litt immer häufiger unter starkem Trübsinn. Die Wohnung war eine winzige Bude, zur Straße gelegen, in den hellen Monaten schien zwischen vier und fünf die Sonne herein. Manchmal saß ein Vogelschwarm in dem Baum auf der anderen Straßenseite, ein paarmal hörte er eine Nachtigall singen. In seiner Freizeit ging er in den Wald, stieg auf den Hochsitz, setzte sich auf den Holzfußboden, aß seinen Proviant, schnitzte seinen Namen ins Geländer. Wenn es regnete, verharrte er unter dem Schutzdach und lauschte dem gleichmäßigen, beruhigenden Trommeln, und dann hatte er das Gefühl, seine Gedanken seien auf dem richtigen Weg, die Welt sei faßbarer geworden, und durch die schweren, erdrückenden Wolken dringe Licht.

Er freundete sich mit den Tieren an, lief nicht mehr vor ihnen davon. Im Winter fütterte er die Vögel, brachte an den Bäumen Nistkästen an; wenn ein Fuchs in ein Fangeisen geraten war, befreite er ihn, wenn jemand mit der Schrotflinte auf eine Ente zielte, scheuchte er die Ente auf, wenn er bemerkte, daß sich Vogeljunge mit offenem Schnabel einem Falken zum Fraß anboten, warf er einen Stein nach dem Raubvogel, aber nur, um ihn zu verscheuchen, nie in der Absicht, ihn zu treffen.

Einmal wäre er beinahe selbst verletzt worden, als er auf der Autobahn hinter einem Feldhasen herrannte, der sich am Lauf verletzt hatte. Er konnte verhindern, daß der Hase unter einen LKW geriet. »So hat mein Leben einen Sinn«, notierte er. »Ich möchte den Schwachen und in Not Geratenen helfen. Aber ich genieße es auch, als Beobachter, als Mitempfindender durch die Natur zu streifen.«

Einmal schlug er im Sommer sein Zelt am Rand eines Moors auf und verbrachte einen Monat dort, seinen ganzen Sommerurlaub. Die Schwäne machten es ihm unmöglich, wegzugehen, er wurde nicht müde, ihnen zuzuschauen. Er sah, wie das männliche Tier stolz und mutig voranschwamm, gefolgt von der Schwänin und den Jungen. Er lebte sich so sehr hinein, daß er beim Aufbruch das Gefühl hatte, er selbst habe an etwas Kostbarem, Warmem und Herzlichem Anteil gehabt – am Familienglück. Aus diesem Erlebnis schöpfte er noch lange Kraft.

In seinen Beziehungen zum anderen Geschlecht war er zurückhaltend. Oft hatte er den Eindruck, das Liebesbedürfnis und der manische Nesttrieb mache die Frauen unselbständig und hilflos; ihre überschwengliche Begeisterung, ihre fragenden und verletzten Blicke, die ihn für etwas anklagten, woran er keine Schuld trug, veranlaßten ihn immer wieder, sich zurückzuziehen. Er sehnte sich nach Gegenwehr, nach Anstrengungen, denn, wie er in sein Tagebuch schrieb: »Wenn sich das Wild zum Abschuß anbietet, läßt es der Jäger in Ruhe.«

Anfang der siebziger Jahre zeltete er im Sommer im Schärengebiet von Inkoo. In einem Dorfladen lernte er einen gesprächigen Kantor kennen, der ihn zum Kaffee einlud. Der Mann war Witwer, seine einzige Tochter hieß Elisabet. Am ersten Abend stellte sie sich ans Klavier und sang, begleitet von ihrem Vater, auf schwedisch das Lied »Rudert, rudert, wilde Enten«. Seppo begriff, daß zwischen den beiden eine starke Bindung bestand. Wenn sie einander ansahen, spürte er Wärme und gegenseitige Achtung.

Als sie ihn baten, wiederzukommen, konnte er nicht ablehnen; er besuchte sie schon am nächsten Tag, so sehr faszinierte ihn die Wärme und Zuversicht, die diese beiden Menschen ausstrahlten. Vor allem Elisabets Wesen bezauberte ihn, sie war groß und dunkel, hatte starke, sonnengebräunte Schenkel, einen schönen, vollen Mund und gesunde weiße Zähne. Wie gern er sie doch anschaute, ihre runden Schultern, die Brüste, die schmale Taille, die Hüften ..., und wenn er im Zelt lag, dachte er unaufhörlich an sie, voller Neugier und widerstrebender Begierde.

Kann jemand so glücklich sein?, hatte er sich damals gefragt. So rückhaltlos glücklich und fröhlich, ohne Hintergedanken? Elisabets Lachen war ansteckend, und Seppo stellte fest, daß er selbst nach langer Zeit zum erstenmal lachte. Einmal tat er dies so heftig, daß er jede Kontrolle verlor und nicht mehr aufhören konnte. Er rannte aus dem Haus, weil er zu ersticken glaubte, zog sich aus und sprang ins Meer. Erst dann beruhigte er sich. Er ließ sich lange im Wasser treiben und spürte, wie sich in seinen Gliedern eine herrliche Mattigkeit ausbreitete; sein Geist wurde still wie die Wasserfläche, er war in Harmonie mit sich selbst und der Natur, die ihn umgab. Das Gefühl verwirrte ihn, er wollte weglaufen oder schwimmen, so weit das Meer reichte, aber das hätte doch nichts genützt. Er würde trotzdem nur an Elisabet denken.

Am Abend kroch er in sein Zelt, zog den Reißverschluß des Schlafsacks zu und ließ sich nicht davon stören, daß an seinem Ohr eine Mücke sirrte. Er hatte Elisabets Geruch in der Nase, unwiderstehlich, stärker als bei allen anderen Frauen, die er kannte, abstoßend und verlockend zugleich. Seppo hatte noch nicht gewagt, sie zu berühren, ihm hatte es genügt, daß sie in seiner Nähe war. Er hoffte, bei seinem nächsten Besuch würde die Anwesenheit ihres Vaters ihm Schutz bieten, denn es war die reine Wahrheit: Wenn er nicht auf der Hut war, konnte Elisabet ihn zu allem möglichen verleiten.

Seppo dachte den ganzen Herbst an Elisabet, nahm aber keine Verbindung zu ihr auf. Im Frühjahr sah er in der Zeitung die Todesanzeige ihres Vaters und schickte eine Karte mit dem Bild einer Stockente und einer knappen, sachlichen Aufschrift: mein Beileid. Elisabet rief ihn sofort an, sie war gerührt über die Karte, und als sie ein Treffen vorschlug, stimmte er zu.

Elisabet hatte sich verändert. Die rasch fortschreitende, qualvolle Krankheit des Vaters hatte sie ernster gemacht, wie Seppo befriedigt feststellte. War es doch an der Zeit, daß diese fünfundzwanzigjährige Frau erwachsen wurde. Sie war jedoch auch unsicher geworden, stotterte, unterbrach sich oft und wartete darauf, daß Seppo ihren Satz zu Ende führte. Sie saßen in einem Café, und Elisabet sah ihn mit großen, ratlosen Augen an. Seppo griff nach ihrer Hand und streichelte sie. Er begleitete Elisabet zur Haltestelle und sah zu, wie sie in den Bus einstieg, ins Straucheln kam und beinahe dem Fahrer in den Schoß gefallen wäre. Sie blickte Seppo verlegen an und sah aus, als würde sie jeden Augenblick in Tränen ausbrechen.

Zu Hause griff Seppo sofort nach dem Telefon, rief sie an und bat sie, seine Frau zu werden. Elisabet sagte ohne weiteres ja. In der Nacht wälzte sich Seppo im Bett hin und her, in ständigem Widerstreit zwischen tiefer Reue und erwartungsvoller Erregung. War er endlich reif, den entscheidenden Schritt zu tun, oder hatte er den größten Fehler seines Lebens gemacht?

Zur Hochzeit kamen vor allem Verwandte und Freunde von Elisabet, Seppo hatte nur seine Tante, deren Freundin und einen Kollegen aus der Inkassoabteilung des Finanzamts eingeladen. Er hatte keine kirchliche Trauung gewünscht, aber auf Elisabets Wunsch heirateten sie doch in der Kirche.

Elisabet blühte auf, sie erwartete ein Kind. Sie war größer als Seppo, ein Umstand, dessen er sich vor dem Altar peinlich bewußt wurde. Die Ehe wird nur glücklich, wenn ich ein eigenes Zimmer haben kann, dachte er, als er Elisabet den Ring auf den Finger streifte, ein eigenes Zimmer und meine Ruhe, das brauche ich. Er war sich darüber im klaren, daß er seine Frau noch nicht liebte, sie aber vielleicht eines Tages lieben könnte oder wenigstens leichter ertragen würde als irgendeine andere Frau. Ein realistischer Ausgangspunkt, dachte er, so hatten sie durchaus Chancen, eine glückliche Ehe zu führen.

Ihr Kind wurde geboren, es war nicht wie andere Kinder. Es bewegte sich langsam und war schlaff, lernte nur mühsam gehen und sprechen, und nachdem es beides gelernt hatte, bewegte es sich unbeholfen und sprach äußerst selten. Die Eltern vermuteten eine Behinderung, aber an dem Mädchen war nichts zu finden, es gab keinen klinischen Defekt, der Hirnbefund war normal, allerdings wurde im Hirnstrombild eine gewisse Langsamkeit festgestellt, aber das war eine häufige Erscheinung, die keinen Einfluß auf das Verhalten hatte. »Die Medizin deckt erst einen sehr schmalen Sektor ab, in bestimmten Bereichen steckt sie noch in den Kinderschuhen«, erklärten die Ärzte den unglücklichen Eltern.

Sie nannten das Mädchen Sirpa Ursula, Sirpa deshalb, weil der Name an das Wort *sirpale*, Scherbe, erinnerte. Scherben bringen Glück, und Glück war das, was sie mehr als alles andere brauchten. Sie wurde dann aber Ursula gerufen; zwar hatte sie lesen und rechnen gelernt, sich bis zu ihrem zehnten Geburtstag so weit entwickelt, daß sie eingeschult werden konnte, und dann in der Schule überraschende Fähigkeiten, sogar eine gewisse Begabung erkennen lassen, indem sie in Mathematik, einem immerhin anspruchsvollen Fach, überdurchschnittlich gut abschnitt, doch war sie weiterhin langsam und tolpatschig, still und verschlossen, mürrisch und abweisend. Zudem war sie so in die Höhe geschossen, daß sie in ein paar Jahren sogar ihre Mutter überragen würde. Ursula paßte irgendwie besser zu ihr, meinten die Eltern, und außerdem fand Elisabet diesen Namen sowieso viel schöner.

Nach Ursulas Geburt blieb Elisabet natürlich zu Hause. Sie hatte im Pfarramt kleinere Aufgaben übernommen, aber die Arbeit hatte ihr keine Freude gemacht. Nun nahm die Tochter ihre ganze Zeit in Anspruch; nur zur Chorprobe ging sie einmal in der Woche aus dem Haus. Als Ursula sieben wurde, fürchtete Elisabet, das Mädchen werde sich in der Schule nicht einfügen. Sie erhielt die Erlaubnis, ihre Tochter zu Hause zu unterrichten, was sie drei Jahre lang tat. Sie widmete sich dem Kind mit solcher Energie und Zielstrebigkeit, daß Seppo, wenn er sich einmal die Zeit nahm, darüber nachzudenken, einen leisen Schrecken verspürte. Seine Frau wußte alles über Störungen der Hirnströme, bis hin zu den Ursachen und Folgen schwerer Behinderungen, und war oft in Behindertenclubs anzutreffen. »Das Mädchen ist gesund«, sagte

Seppo nachdrücklich. »Das wissen wir nicht«, betonte seine Frau, als hoffte sie, daß mit dem Mädchen tatsächlich etwas nicht in Ordnung wäre.

Als Ursula zehn Jahre alt wurde, veränderte sich Elisabet. Oder hatte sich Ursula zuerst verändert? Seppo wußte es nicht. Jedenfalls wurde die Tochter in die Schule geschickt, und Elisabet löste sich von den Behindertenclubs, sprach nicht mehr über Gehirnschädigungen, las keine einschlägige Literatur mehr, war meistens zu Hause und wirkte irgendwie antriebslos, traurig.

Seppo dagegen fand, daß sie ein harmonisches, geordnetes und sehr geborgenes Leben führten; alles war so, wie es sein sollte. Er fühlte sich wohl in seinem Beruf, kaufte sich einen Computer, stellte ihn zu Hause an seinem Fenster auf. Sie waren vor ein paar Jahren nach Herttoniemi gezogen, in die Majavastraße, und Seppo hatte seitdem ein Zimmer für sich. In dem Zimmer standen ein Pritsche, ein einfacher Lehnstuhl und eine Stehlampe, alles gebraucht gekauft, denn Seppo ging mit seinem Geld sparsam um. An der Wand ein Bücherregal, darauf einige Bücher über Vögel und ein paar finnische Romane, die den Menschen innerhalb der Natur schilderten. Auch ein Plakat hing dort, die Zeichnung eines Eichhörnchens, das an einem Tannenzapfen nagte. Seppo streifte nicht mehr durch den Wald, sondern entwarf in seiner Freizeit Formulare für das Finanzamt. Sein erster Vorschlag betraf die Vereinfachung eines Merkblatts und wurde angenommen. Gelegentlich beschäftigte er sich mit Computerspielen, löste Kreuzworträtsel und trank Tee. Er saß im Dunkeln und betrachtete die Baumstämme im Hof und dachte, es sind Gitter, die Gitter des Lebens. In seinem Tagebuch schrieb er über das »Gefangensein« und fügte hinzu, daß dies ein Wesenselement des Lebens sei. »Das Leben ist im Grunde tragisch. Einigermaßen erträglich wird es nur, wenn man die Gefühle und das sonstige Gefasel eliminiert, aber glanzvoll oder auch nur glücklich ist es nicht und soll es auch nicht sein.«

Wie irreführend und verbitternd, anders zu denken ... Elisabet war verbittert. »Die Menschen glauben, das Leben habe sie hintergangen, aber das Leben hintergeht niemanden«, sagte Seppo einmal am Eßtisch. »Man muß sich dem Leben anpassen, anstatt sich danach zu richten, wie es sein sollte.«

Elisabet hatte Seppo angeblickt und so ausgesehen, als hätte sie nicht verstanden, was er meinte.

»Stellen wir uns einmal vor, du gehst zu einer Party«, sagte Seppo. »Du steckst voller Erwartungen, denn es kommen nicht oft Einladungen, und du hast eine bestimmte Vorstellung davon, wie der Abend verlaufen soll, unterhaltsam natürlich. Aber Parties sind selten lustig, fast immer sind sie tödlich langweilig. Genau wie das Leben. Letzten Endes geht es um die Perspektive – wenn man nichts erwartet, wird man auch nicht enttäuscht. Geh immer von Null aus, besser noch von Minus, dann kannst du eine freudige Überraschung erleben. Vielleicht erweist sich die Party als ganz angenehm, und die Menschen sind durchaus erträglich!«

Elisabet nickte.

Ihr begann ein kleiner, kaum wahrnehmbarer Schnurrbart zu wachsen, den sie mit Puder abdeckte, bevor sie zum Einkaufen oder zur Chorprobe ging. Sie lachte nicht mehr, sondern wirkte traurig und enttäuscht über diese Wendung in ihrem Leben. Seppo, der doch blond war und strahlend blaue Augen hatte, wirkte grau, wie von einer dünnen Aschenschicht überzogen. Er hielt sich selten im Wohnzimmer auf, aber als er es einmal betrat, sah er auf dem Sofa zwei Frauen, Mutter und Tochter, unwiderruflich, mit festen Banden aneinandergekettet. Als Elisabet aufblickte, ahnte Seppo den Haß in ihren Augen, einen Haß, der die beiden wie dichtes, stinkendes Gas umwaberte. Und Ursula streckte die Hand aus und heulte auf, als wollte sie um etwas bitten. Um Hilfe?

Seppo schauderte, er ging in die Küche, machte sich ein Brot, nahm seine Teetasse und schloß sich in seinem Zimmer ein.

Die Beförderung zum Bürovorsteher nahm er nicht aus Eigennutz an, sondern wegen seiner Frau, die ein neues Hobby gefunden hatte: das Reisen. Da sie ihre Tochter weder zu Hause lassen noch mit ihr in jedes beliebige drittklassige Hotel ziehen konnte, gingen die Reisen ins Geld.

Anders als für die meisten seiner Kollegen war beruflicher Erfolg für ihn nicht das Wichtigste. Bei der Behörde gab es nur minimale Aufstiegschancen, reich konnte man dort erst recht nicht werden, aber selbst die kleinen Beförderungen, die sich darboten, hatte er bisher ausgeschlagen. Niemand konnte das verstehen, keiner begriff, wieso er Sachbearbeiter bleiben wollte, er aber wußte: Je höher er in der Hierarchie aufstieg, desto mehr hatte er mit Bürokratie, Paragraphen und Vorschriften zu tun und desto weniger mit natürlichen, lebendigen Menschen. Gerade den Menschen aber wollte er helfen, gerade ihnen wollte er Auge in Auge gegenüberstehen und sehen, wie ihre Unruhe, ihre bange Furcht schwanden, wenn er ihnen ruhig und gelassen anhand der Fakten erläuterte, worum es ging. Als Sachbearbeiter hatte er sich mit solcher Sorgfalt, ja Inbrunst in die Steuererklärungen vertieft, daß vor allem die jüngeren Beamten verwirrt waren. Sollte man diesen Mann als Vorbild betrachten, oder war er verrückt? Seppo wußte, daß hinter jeder Steuererklärung ein Mensch aus Fleisch und Blut stand – um den ging es ihm, nicht um Paragraphen und Vorschriften. Die meisten Menschen waren ehrliche, aufrichtige Bürger, oft mit niedrigem Einkommen, aber sie waren unwissend, irrten sich und reagierten gefühlsbetont. Wenn er einen Steuerpflichtigen zu Hause anrief, ihn um Ergänzungen zur Steuererklärung bat oder um Bestätigung der Angaben, stieß er zunächst auf Verwunderung, aus der später Dankbarkeit wurde. Mein Freund im Finanzamt, dachte mancher, ohne ihn wäre ich dieses Jahr um einige tausend Mark ärmer.

Die älteren Kollegen hatten sich gewundert, daß er sich soviel Umstände machte. Aber die alleinstehende Mutter von drei Kindern war dankbar, daß ihr Weihnachtsgeld nicht vom Staat kassiert wurde. Es ging dabei um ein einziges Dokument, das sie vergessen hatte, dem Finanzamt vorzulegen. »Der Nachzahlungsbescheid ist schon im Computer, aber wenn ich das Papier heute bekomme, kann ich ihn noch löschen«, hatte er der Frau gesagt. Er hatte den Eintrag gelöscht, und die Frau hatte gefragt, ob sie ihm nicht einen Gegendienst erweisen oder wenigstens eine Tasse Kaffee anbieten könne. Sie hatten miteinander Kaffee getrunken, Seppo hatte sich ihre erschütternde, aufwühlende Lebensgeschichte angehört. Die Frau war ausgesprochen hübsch, und als sie Seppo am Abend zu sich nach Hause einlud, sagte er nicht nein. So etwas passierte von Zeit zu Zeit, ein kleiner Seitensprung hier und da, aber er machte nicht viel Aufhebens von seinen Missetaten. Ein festes Verhältnis wollte er auf keinen Fall, sein Leben sollte ruhig und geordnet bleiben, er war zufrieden und hatte nicht das Bedürfnis, etwas zu ändern.

Manchmal wünschte er sich, Elisabet würde ihn besser verstehen. Als seine Frau zum erstenmal von einer Reise in den Süden gesprochen hatte, die sie allein, nur mit Ursula, unternehmen wollte, und Seppo erwidert hatte, das könne er sich nicht leisten, hatte sie ihn angeherrscht, wenn er nicht so blöd wäre, Beförderungen und Gehaltserhöhungen auszuschlagen, hätte er Geld genug, und sie könnten mit der ganzen Familie in Urlaub fahren.

Seppo sah ein, daß seine Frau einen Urlaub nötig hatte. Ohne etwas zu sagen, nahm er Abendjobs an, arbeitete als Steuerberater für ein paar Firmen und brachte so die Reisekosten zusammen. Elisabet interessierte sich nicht dafür, woher das Geld kam, oder verstand sie es nicht? Der Mangel an Wirklichkeitssinn war typisch für sie, sie war weder fähig noch gewillt, die Notwendigkeiten des alltäglichen Lebens zu verstehen. Sie hatte sich energisch für die Behandlung ihrer Tochter eingesetzt, hatte sie mehreren Ärzten vorgestellt, neue Untersuchungen gefordert und Antworten verlangt, sich mit Hilfe von Büchern und Publikationen kundig gemacht und sich komplizierte Informationen über die Gehirnfunktion angeeignet, sie hatte sachkundig und überzeugend von Nervenbahnen und verlängertem Mark gesprochen, aber allen anderen Fragen stand sie hilflos und verwirrt gegenüber. Von der Gesellschaft oder ganz allgemein vom

Lauf der Welt hatte sie keine Ahnung. Als sie schon fast fünf Jahre verheiratet waren, stellte sich heraus, daß sie nicht einmal so recht wußte, wo Seppo arbeitete.

»Beim Finanzamt«, hatte er gesagt. »Weiß mein kleines Schätzchen denn nicht, was ein Finanzamt ist?«

Elisabet hatte ihn mit großen, fragenden Augen angeblickt.

»Die Steuern, Elisabet, die Steuern. Hast du noch nie von Steuern gehört?«

»Natürlich«, sagte sie. »Ich habe doch im Pfarramt gearbeitet.« Sie wirkte jedoch unsicher.

Seppo bat sie, sich an den Küchentisch zu setzen.

»Weißt du, warum man Steuern zahlen muß? Die Steuern kommen den Menschen zugute, uns allen, vor allem aber profitieren davon die gesellschaftlich Benachteiligten, die Kranken und Schwachen, Menschen wie du und Ursula.«

Und er redete weiter.

»Die Unterstützung, die du für die Kosten von Ursulas Pflege und für deine eigenen Ausgaben bekommst, wird von den Steuereinnahmen bezahlt, ebenso das Kindergeld, das Krankengeld und die kostenlose Behandlung in der Poliklinik. Ihr würdet nicht zurechtkommen, wenn nicht ich und viele andere Bürger jeden Morgen zur Arbeit gingen, um unser Gehalt zu verdienen, von dem wir dann indirekt auch dir etwas zahlen, so daß ihr beide, du und Ursula, ein menschenwürdiges Leben führen könnt.«

Elisabet hatte genickt und irgendwie, wie sollte man es nennen … irgendwie dankbar ausgesehen.

Mutter und Tochter kehrten braungebrannt und fröhlich aus dem Süden zurück. Als Seppo sie so wiedersah, war er zufrieden, die Reise hatte sich also gelohnt. Als sie ein halbes Jahr später vorsichtig von einer neuen Reise zu reden anfing, machte Seppo keine Einwände, er beschaffte das Geld und ließ sie ziehen. Diesmal fuhr auch Marja Lavén mit, die Witwe des Pfarrers, der sie einst getraut hatte, eine betagte, aber noch rüstige Freundin der Familie, die Elisabet von klein auf kannte.

Es war Marja, die mit Seppo über Israel gesprochen hatte. Sie war eine erfahrene Pilgerin, war schon mehrmals im Gelobten Land gewesen und hatte die Reise wärmstens empfohlen. »Die Frauen können ja fahren«, hatte Seppo gesagt.

Marja hatte ihm ihr runzliges Gesicht zugewandt, ihn aus ihren blauen Augen hartnäckig angestarrt, hatte vielsagend und verschmitzt gelächelt. »Hör mal, Seppo, auch du hättest einen kleinen Urlaub nötig. Sieh doch nur, wie gut er Elisabet und Ursula getan hat.«

»Aber warum ausgerechnet dorthin?«

»Es ist das Land der Gelöbnisse«, tönte es vom Spültisch her.

Seppo hatte seiner Frau einen Blick zugeworfen. »Das Gelobte Land«, hatte er sie korrigiert. Dann hatte er kurz erklärt, was die Juden damit meinten und was für eine Situation in dem Land herrschte. Elisabet hatte gleichgültig dreingeschaut, und Marja hatte ihre Häkelarbeit hervorgeholt.

Seppo hatte von einem Kollegen berichtet, der vor einem Jahr in Israel gewesen war. Am ersten Tag hatte man ihm die Kamera gestohlen, am zweiten Tag den Tabak und am dritten die Brieftasche.

»Israel ist teuer«, hatte er dann gesagt. »Man nennt es das Heilige oder Gelobte Land, aber es unterscheidet sich überhaupt nicht von all den anderen Orten, wo Touristen geneppt werden – Habsucht und Ausbeutung herrschen auch dort! Es ist ein so gutes Geschäft, daß die Juden verrückt wären, darauf zu verzichten. Was verstehen die Palästinenser schon vom Geld, gar nichts! Jerusalem ist ein Vergnügungspark für Fromme, hat mein Bekannter erzählt, vor allen Toren und Tempeln klingelt das Geld im Kasten. Wenn man die Grabeskirche besuchen will, das größte Heiligtum der Christenheit, das Grabgewölbe, in dem Jesus gelegen haben soll, muß man einen Dollar Eintritt zahlen, kassiert von einem Mönch!«

Marja hatte mit verkniffenem Mund gehäkelt, Elisabet gespült.

»Ich empfehle einen Urlaub in Koli oder anderswo in Finnland. Das ist auf jeden Fall sicherer.«

Elisabet hatte sich umgedreht. »Sicherer?« hatte sie gefragt, als verstünde sie nicht, was das Wort bedeutete.

»Jerusalem ist eine besetzte Stadt, die Situation ist gespannt. Es kann zu Unruhen kommen, wegen Bombendrohungen müssen womöglich Bushaltestellen geräumt werden, oder ein Bus explodiert. Niemand kann garantieren, daß es nicht gerade den Bus erwischt, in dem wir sitzen.«

Marja hatte sich skeptisch geräuspert, Elisabet die Spülbürste über den Teller kreisen lassen. Seppo hatte versucht, sich möglichst klar und konkret auszudrücken. »Der Zielflughafen ist ein kritischer Punkt, falls wir überhaupt so weit kommen, wir fliegen ja wohl mit einer israelischen Maschine, und die könnte entführt werden. In Kopenhagen, wo wir einsteigen, fallen wir vielleicht einem Terroranschlag zum Opfer, oder die Maschine hat einen Defekt, bei den israelischen Flugzeugen weiß man nie. Auch eine Entführung ist denkbar, womöglich landen wir in irgendeinem arabischen Staat mitten in der Wüste, schmoren wochenlang in unerträglicher Hitze, und wenn es ganz schlimm kommt, werden wir hingerichtet! Außerdem gibt es in Israel orthodoxe Juden, die die Touristen hassen und uns Schaden zufügen könnten. Am wahrscheinlichsten scheint mir aber, daß es auf irgendeiner Straße zu einer bewaffneten Auseinandersetzung kommt, bei der wir verletzt werden oder im schlimmsten Fall umkommen. Sollten wir von all dem verschont werden, dann rafft uns eine Lebensmittelvergiftung dahin: Salmonellen!«

»Juden sind geizig«, war Seppo fortgefahren und hatte schließlich noch erzählt, was er über das Schicksal eines finnischen UNO-Soldaten gehört hatte. Der hatte sich einen teuren Sportwagen angeschafft, hatte zwei Mädchen eingeladen und war mit gut zweihundert Stundenkilometern über die Landstraße gebraust. Das Auto kam von der

Straße ab, die jungen Leute wurden hinausgeschleudert und waren sofort tot.

»Gleich danach – ihr müßt bedenken, daß sich das Ganze in der Wüste abspielte – tauchte eine Räuberbande auf, die alles Verwertbare abräumte, ob es kaputt war oder heil. Sie plünderten die zerschmetterten Leichen und hätten ihnen wohl auch die Goldzähne ausgerissen, aber die Opfer waren jung und hatten alle noch ihre eigenen, gesunden Zähne. Sagt das nicht alles über diese Aasgeier ...?«

Marja hatte ein Gähnen unterdrückt und erklärt, Seppos Pessimismus sei nichts Neues. Elisabet hatte sich vor Seppo hingesetzt und ihn angesehen.

»Aber die Welt der Tiefsee!« hatte sie gesagt. »Im Roten Meer gibt es die schönsten Korallen der Welt.«

Eine Woche lang hatte er überlegt, dann war er losgegangen und hatte die Tickets gekauft. »In drei Monaten fliegen wir«, hatte er gesagt, und auf Elisabets Gesicht hatte sich ein strahlendes, unbegreiflich glückliches Lächeln ausgebreitet.

Es war eine mühelose, bequeme Reise. Strenge Sicherheitsvorkehrungen auf dem Flughafen, wo ihre Koffer durchsucht wurden, man fragte sie nach dem Zweck ihrer Reise, erkundigte sich nach den Namen eventueller Bekannter, Freunde, Verwandter und wollte wissen, ob sie Mitbringsel dabei hätten, Waffen vielleicht, Sprengstoff oder anderes, was die Sicherheit des Landes gefährden konnte; das Verhör amüsierte Seppo, und auch die Tatsache, daß er sich mit den anderen in eine Schlange stellen und warten mußte, bis er an der Reihe war, störte ihn nicht.

Vom Flughafen aus fuhr die Reisegruppe mit dem Bus nach Tiberias. Diesmal sangen sie nicht, im Flugzeug hatten sie es getan. Als die Maschine landete, hatten die Pilger geklatscht und das Lied »Lob und Dank sei Dir, o Herr!« angestimmt. Während des Fluges hatten sie immer wieder »Halleluja, Friedensland« gesungen, so oft, daß Seppo sich ein wenig daran gestört hatte. Ihr Reiseleiter, Martti Vainikainen, hatte den Gesang auf der Gitarre begleitet, und Seppo hatte festgestellt, daß er gut spielte, obwohl ihm an der rechten Hand der Zeigefinger fehlte.

Am zweiten Abend der Reise stand Seppo im sechsten Stock des Hotels auf dem Balkon und schaute nach draußen. Elisabet war im Bad, Ursula eingeschlafen. Es war elf Uhr, draußen war es dunkel. Ein lauer Wind strich über sein Gesicht, und der Duft der Zitrusbäume stieg ihm in die Nase. Er hatte den Sonnenuntergang betrachtet, den See, der sich in goldgelben Dunst hüllte, hatte einem Vogel gelauscht, dessen Gesang dem Zwitschern des Trauerschnäppers zum Verwechseln ähnelte, und war zufrieden. Er bereute es nicht, daß er mitgefahren war, überhaupt nicht.

Auf dem See glitt ein Fischerboot dahin, und am anderen Ufer ragten grünende, sanft gerundete Berge auf. Hinter ihnen war die Sonne versunken, und ein tiefes Blau hatte sich über die Landschaft gelegt; je dunkler der Himmel wurde, desto strahlender und heller hatten die Sterne geleuchtet. Im Süden ist der Himmel näher als im Norden, so scheint es wenigstens, hatte er gedacht. Es gibt so viele Sterne, die Sternbilder und Sternschnuppen gleißen, alles ist scheinbar zum Greifen nahe ...

Er zündete seine Pfeife an und öffnete die Kognakflasche. Den ganzen Tag hatten sie heilige Stätten besichtigt, es war ein sehr ergiebiger Ausflug gewesen. Hier ist Jesus auf dem Wasser gewandelt, hier hat er mit ein paar Broten und getrocknetem Fisch Tausende von Menschen gespeist, hier hat Petrus gefischt und ist Jesus ins Netz gegangen, hier wurden Mondsüchtige, Verrückte und andere Kranke geheilt, hatte der Reiseführer erzählt. Normalerweise hätte Seppo die eine oder andere boshafte Frage eingeworfen, aber diesmal hatte er keine Lust, er wollte es nicht. Die friedliche Landschaft, die angenehme Wärme und das wohltuende, verschwenderische Licht der Sonne ließen ihn in glückliche Mattigkeit sinken; was immer man ihm erzählt hätte, er hätte es akzeptiert. Er sah sich die Mitreisenden an, auch sie wirkten nicht unzufrieden.

Er trank schnell das Glas leer, zog sich aus und legte sich aufs Bett. Elisabet war noch im Bad. Es war eine ungewohnte Situation, Seppo konnte sich nicht erinnern, wann er zuletzt neben ihr geschlafen hatte.

In der Nacht erwachte er und stand auf, um die Balkontür zu schließen. Es war halb drei. Ursula lag mit offenem Mund im Extrabett, Seppo hüstelte, und ihr Mund klappte zu. Sie lag auf der Seite, die Beine fest aneinander gepreßt, die Hände zwischen den Schenkeln. Die Bettdecke lag auf dem Boden, ihr Hals war gestreckt, der Kopf vorgeschoben, sie hatte die Lippen geöffnet, als erwarte sie etwas – einen Kuß?

Seppo hatte Durst, er trank Wasser und goß sich dann wieder Kognak ein. Als er trank, wunderte er sich, warum er das tat, was war passiert, wieso fand er auf einmal Geschmack daran? Er war wirklich kein Freund scharfer Getränke. Sie waren nichts für ihn, er hatte sie nie nötig gehabt. Für Säufer hatte er nur Mitleid übrig, Menschen, die maßhielten, hatten seine Sympathie. Schnaps macht die Menschen haltlos, läßt unbeherrschte Gefühle aufspritzen wie Schlamm. Wertvorstellungen, die gewöhnlich verborgen bleiben, kommen auf oftmals tragische und klägliche Weise ans Licht. Wie gräßlich primitiv!, hatte er gedacht, als er die

Zecherei einiger Kollegen bei der Weihnachtsfeier im Amt beobachtet hatte. Menschlich, mag sein, aber sinnlos.

Gern hätte er seine Frau berührt, wagte es aber nicht. Sie hatte sich umgedreht und lag jetzt auf dem Rücken. Im Zwielicht sah ihre Haut hell und weich aus, ihr Körper war üppig und lockend. Seppo wandte den Blick ab. Zwei Jahre hatten sie sich nicht geliebt, zwei Jahre waren vergangen, seit er überhaupt das letzte Mal mit einer Frau geschlafen hatte. Jetzt kam ihm diese Zeit peinlich lang vor, und als er versuchte, über die Gründe nachzudenken, überwältigten ihn diffuse, schmerzliche Gefühle. Er schob sie beiseite. Kurz darauf lag er in tiefem Schlaf.

Als er am Morgen erwachte, lag er unbequem auf dem Bauch, sein Mund war trocken, das Kissen dagegen war feucht und roch schlecht, ihm war klar, daß er in der Nacht gesabbert hatte. Auf dem Balkon, im hellen Sonnenlicht, bürstete Elisabet ihrer Tochter die Haare und summte vor sich hin. Ursula hielt die Augen geschlossen, ihr Mund stand halb offen, ihr Gesicht spiegelte unverhohlenen Genuß. Seppo räusperte sich, und als nichts geschah, rief er: »Elisabet!«

»Was ist denn?« Seine Frau tauchte vor ihm auf, die Bürste in der Hand.

»Wann gibt's Frühstück?« fragte er.

Auf dem Vormittagsprogramm stand ein Ausflug nach Nazareth. Beim Frühstück fütterte Elisabet Ursula trotz ihres Protests mit Cornflakes, denn sie fürchtete, sie würden sonst den Bus verpassen. Dem Mädchen lief Milch aus den Mundwinkeln, und zum Schluß rülpste sie so heftig, daß lange ein süß-säuerlicher Milchgeruch in der Luft lag. Seppo mochte an diesem Morgen nur Kaffee.

Der Reiseleiter kam an ihren Tisch und bat Elisabet, im Bus das gemeinschaftliche Singen zu leiten. Er gab ihnen blau-weiße Schirmmützen, darauf stand »Andachtsreisen«, und auf dem Schirm bildeten zwei schwungvoll geformte Libellenflügel ein Kreuz. Ein Liederbuch wollte Seppo nicht, er konnte nicht singen. Er vergewisserte sich, daß er einen Film in seinen Fotoapparat eingelegt hatte, und ging nach draußen.

Er versuchte, Vögel zu beobachten, aber seine Gedanken schweiften ab. Als sie unterwegs Rast machten, verschwand Elisabet, und es blieb Seppo überlassen, sich vor einer Bude anzustellen, um für die Tochter etwas zu trinken zu kaufen. Er wählte einen abseits stehenden Tisch, wollte sich nicht zu den anderen setzen, wegen Ursula. Er schämte sich für Ursula. Sie sah wie ein Baby aus, obwohl sie schon vierzehn war. Die Mutter hatte ihr die Haare zu Rattenschwänzchen gebunden und darauf bestanden, daß sie rosa Shorts und eine sackartige Bluse anzog. Ursula, die zuerst mürrisch und irgendwie vorwurfsvoll gewirkt hatte, sah ihn nun demütig, flehend an. »Mutti kommt gleich«, versuchte Seppo sie zu trösten, »trink und halt den Mund!« Über die letzte Bemerkung wunderte er sich selber – das Mädchen hielt doch sowieso immer den Mund. Sie sprach nie, gab dafür um so mehr Geräusche von sich, rülpste, schnarchte und ließ noch schlimmere Töne fahren, für die sie sich überhaupt nicht zu schämen schien. Tat sie das absichtlich, wollte sie die Nerven ihrer Eltern auf die Probe stellen? Manchmal hatte Seppo das Gefühl, daß die Tochter viel schlauer war, als sie erkennen ließ.

Fräulein Hyvärinen, die sich ihm beim Schlangestehen vorgestellt hatte, kam und fragte, ob sie Ursula wohl fotografieren dürfe. Ihr Atem ging pfeifend, Seppo vermutete, daß sie Asthma hatte.

»Ihre Tochter ähnelt einer Heiligen«, sagte sie. »Ich erinnere mich nicht an den Namen, es ist nicht die Heilige Ursula, sondern, sondern ... wieso kann ich mich bloß nicht darauf besinnen?«

Die Hyvärinen lächelte glückselig, und Seppo dachte, daß er da wahrhaftig in eine schöne Gesellschaft geraten war. Gut, daß ich einen abseits stehenden Tisch gewählt habe ...

In der Nacht schlief er schlecht, das Bett war unbequem, die Matratze so weich, daß er wie in einer Kuhle lag. Das Kissen war klein und hart. Elisabet schlief friedlich neben ihm. Er glaubte auf ihren Lippen ein Lächeln zu sehen und hätte sie umarmen mögen, aber irgend etwas hielt ihn zurück. Als es ihm im Bett zu unbehaglich wurde, stand er auf und trank Kognak. Er entspannte sich ein bißchen, legte sich wieder ins Bett, zog das Laken über sich und schob vorsichtig den Saum des Nachthemds höher. Er streichelte die warmen, weichen Schenkel seiner Frau, auf der Innenseite, vor allem in der Leistengegend, waren sie feucht und heiß. Er tastete über ihren Bauch und über den Nabel, berührte ihre Brust und spürte den harten Nippel wie eine große Rosine. Er hatte einen süßen Geschmack im Mund, seine Begierde wuchs. Er küßte seine Frau vorsichtig auf die Schulter, da bewegte sie sich und schlug ihm den Ellenbogen gegen das Kinn. Seppo erblickte Ursula neben dem Bett. »Ursula!« rief Elisabet. Sie war aufgewacht.

Seppo ging ins Badezimmer und masturbierte hastig. Die Frauen schliefen, als er zurückkam. Oder taten sie nur so?

Am nächsten Tag besichtigte er still und zerstreut die heiligen Stätten, die Synagoge und die Franziskanerkapelle in Kapernaum, immer ging er als letzter hinter den anderen her. Der Bus hielt am Fuß eines Abhangs, die Pilger erklommen den Berg der Seligpreisungen, den Ort, wo Jesus die Bergpredigt gehalten hatte. Sie knieten nieder, um zu beten, setzten sich in die Sonne und genossen die Wärme und die beschauliche Stimmung. Marja kam auf Seppo zu und fragte: »Gefällt es dir?« Seppo gab zu, es sei gar nicht übel.

»Im Heiligen Land sind wir alle wie eine große Familie«, sagte Marja. »Die Alltagssorgen treten zurück, und unsere besten Seiten kommen zum Vorschein. Wie zum Beispiel die Nächstenliebe. Schade, daß sie zu Hause in Finnland immer in Vergessenheit gerät.«

Marja setzte sich neben Elisabet, Ursula und den Reiseleiter. Sie saßen im Gras, und Seppo fotografierte sie. Vainikainen zupfte an seiner Gitarre, und Elisabet sang leise. Als er die Entfernung einstellte und auf den Auslöser drückte, glaubte er zu sehen, daß sich die Hand des Reiseleiters und die seiner Frau berührten und daß der Reiseleiter Elisabet auf eine besondere Art ansah. Seppo legte sich ins Gras, schloß die Augen. Trotz allem war er glücklich.

Vor dem Abendessen ging er kurz in den Laden des Hotels. In einem Korb lagen kleine ulkige Taschenlampen, die wie Rasierapparate aussahen, ein Sonderangebot. Er kaufte eine und verspürte kindliche Heiterkeit. Man weiß nie, wann man so etwas brauchen kann, dachte er. Wenn die Frauen eingeschlafen sind, kann ich die Lampe anknipsen und Kreuzworträtsel lösen oder auch etwas lesen. Er ging zum Essen. Elisabet und Ursula saßen schon am Tisch. Er erzählte, was er gekauft hatte, und legte das Ding auf den Tisch.

»Für Ursula?« fragte Elisabet.

»Nein, für mich.«

Elisabet sah ihn belustigt an. Sie war braungebrannt, hatte ein Tuch um die Haare geschlungen und leuchtend rote Ohrringe angelegt. Sie sagte, man werde morgen schon früh nach Jerusalem aufbrechen, und nach dem Abendessen müßten sie die Koffer packen.

Als sie eingeschlafen waren, holte Seppo die Taschenlampe hervor. Er kroch unter die Bettdecke und knipste die Lampe an. Er untersuchte seinen Körper, er war weiß und ziemlich hager, es würde nicht schaden, sich in Eilat am Roten Meer ein bißchen Sonnenbräune zu holen. Er lenkte das Licht auf sein Glied, und es richtete sich langsam auf. Eine vage Erinnerung fuhr ihm durch den Kopf, aus der Kindheit, unmöglich, ihr nachzuspüren.

Er betrachtete auch seine Frau im Licht der Taschenlampe. Dann stand er auf und trank die Kognakflasche leer. Er öffnete die Balkontür, über dem See war es windig, die Wipfel der Pinien bogen sich schwerfällig. Im Bett zog er Elisabet die Decke weg und fuhr zusammen: Seine Frau war nackt. Er richtete den Strahl der Taschenlampe auf ihre Brüste, auf den Bauch, auf den Nabel, ging tiefer, bewunderte die Schenkel und das große schwarze Dreieck, schob seine Hand zwischen die Schenkel, steckte seinen Finger in die Furche, sie war glitschig und warm. Er legte die Lampe weg und fing an, seine Frau auf die Brüste, auf den Bauch zu küssen und sie erregt zu streicheln. Er flüsterte »Elisabet«, hoffte, sie würde die Augen öffnen und aufhören, ihm etwas vorzumachen, denn er konnte nicht glauben, daß sie wirklich schlief. Dann lag er auf Elisabet, drückte ihre Schenkel auseinander, war im Begriff, in sie einzudringen, als er merkte, daß die Tochter wieder neben dem Bett aufgetaucht war.

Ursula wollte die Taschenlampe haben. Seppo gab sie ihr, schickte sie schlafen, aber die Tochter ging nicht weg, und da stand Seppo auf, packte sie und stieß sie ins Bad. Elisabet kam dazu und schlug ihn auf den Rücken, sie schrie: »Hör auf! Laß das Mädchen in Ruhe! Du hast kein Recht dazu, laß uns in Ruhe!«

Die Frauen schlossen sich im Bad ein. Seppo

setzte sich auf den nächsten Stuhl und lachte. Er zog sich an und verließ das Zimmer. Vor dem Lift merkte er, daß er seine Pfeife vergessen hatte, er machte kehrt und holte sie. Bevor er wieder ging, trat er gegen die Badezimmertür, im Bad war ein Schluchzen zu hören. Im Flur nahm er Anlauf, sprintete los, sprang und schaffte es tatsächlich, mit der Hand die Decke zu berühren. Im Aufzug pfiff er, hörte aber damit auf, als er in die Hotelhalle kam, und wünschte dem Nachtportier einen guten Morgen.

Er saß am Strand und wartete auf den Sonnenaufgang. Der Wind hatte sich gelegt, aus dem Dunkel war Dämmerung geworden, und hinter den Bergen stieg ein rötlicher Schimmer auf. Am Himmel standen dünne Wolkenfetzen, und als die Sonne durchbrach, filterten die Wolken zuerst dünne Lichtfasern heraus. Der Anblick wühlte ihn auf. Die Lichtsäulen und schmalen Streifen senkten sich vom Himmel herab, als würde der Schöpfer selbst mit seinem Scheinwerfer die Erde beleuchten. Die Lichtfasern bewegten sich, verschmolzen, verschwanden, eine blieb und fiel auf ihn. Er stand auf, bereit, in das Zwielicht zu treten, das ihn umgab, doch dann blieb er stehen. Er war verwirrt, in seinen Zweifel mischte sich Furcht: Warum gerade ich, warum diese Stelle, auf der ich stehe? Es schien, als erwartete die Schöpfung etwas von ihm, als stünde er auf einer himmlischen Bühne und die Landschaft um ihn herum wartete atemlos auf seine Darbietung. Ich kann nichts, überhaupt nichts. Ich bin nichts, überhaupt nichts ..., dachte er. Der Schmerz schnürte ihm das Herz ab, schließlich beruhigte er sich und war von tiefem Frieden erfüllt. Er setzte sich auf eine Bank und lächelte in sich hinein, er staunte, wie dicht und schwer die Dämmerung aus dem Licht heraus wirkte.

Der Lichtstreifen wurde breiter, die Wolken wichen zurück, und alsbald badete die Landschaft im Sonnenlicht. Weit draußen glitt ein Fischerboot dahin, und die Vögel begannen zu singen.

Gegen sieben ging er zurück ins Hotel. Elisabet packte die Koffer und wirkte gereizt. Ursula saß auf der Bettkante und untersuchte mit der Taschenlampe ihre Fußsohlen. Elisabet war offenbar im Begriff, zu schimpfen und darüber zu klagen, daß sie immer alles selber machen müsse, sagte dann aber nichts. Die Stille wurde bedrückend, und Seppo öffnete die Balkontür. Elisabet nahm Ursula den Kaugummi aus dem Mund und steckte statt dessen ein Beruhigungsmittel hinein.

»Warst du schon auf dem Klo?« fragte sie. Das Mädchen ging ins Bad, Seppo und Elisabet waren allein. Elisabet sah Seppo an und stopfte wütend ihr Tuch in die Handtasche.

Seppo trug die Koffer zum Aufzug, die Frauen folgten ihm. Auf dem Weg nach unten, zwischen dem zweiten und dem ersten Stock, sprach Elisabet endlich wieder mit ihm.

»Du bist pervers«, sagte sie.

Seppo sah sie an und nickte: Warum nicht? Aber was immer sie von mir denkt, ich mag sie, dachte er. Könnte sie mich nicht auch ein bißchen mögen?

Aber nein, seine Frau blickte stur geradeaus, und als die Türen sich öffneten, ging sie mit raschen Schritten zum Bus.

Die Reise führte weiter nach Jerusalem. Seppo belegte zwei Plätze im Bus, um den verlorenen Schlaf nachzuholen, aber der Bus füllte sich, eine zweite Gruppe fuhr mit, und ein redseliger Mann aus Oulu, etwas über fünfzig und mit starken Augenbrauen, setzte sich neben ihn. Aus dem Nikkerchen wurde nichts, das war klar.

Im allgemeinen erzählte Seppo Fremden nicht, welchen Beruf er ausübte, wenn er nicht ausdrücklich danach gefragt wurde. In gewisser Weise war er in einer ähnlichen Position wie Ärzte oder bekannte Politiker, die in ihrer Freizeit von skrupellosen Mitmenschen belästigt werden. Gerade jetzt hatte er nicht das geringste Bedürfnis, als Ratgeber in Steuerfragen aufzutreten, noch weniger wollte er sich den Haßtiraden von Leuten aussetzen, die sich falsch behandelt fühlten; er wollte einfach ausspannen und seinen Urlaub genießen. Als der Mann aus Oulu ihn aber zum drittenmal fragte, was er beruflich mache, mußte er antworten. Der Mann zeigte großes Interesse. Vor Jahren hatte er in Oulu ein Reformhaus eröffnet und sich auf Quellwasser spezialisiert. Dank seiner harten, unermüdlichen Arbeit hatte das Geschäft schließlich floriert, aber dann war ihm wegen irgendeiner dummen Steuerreform ein Irrtum unterlaufen, und er hatte alles verloren. Völlig mittellos hatte er allerdings nicht dagestanden und hatte schon überlegt, nach Florida auszuwandern, doch seine Frau war dagegen gewesen. Sie war gläubig, und sie begleitete ihn auf dieser Reise, saß aber im anderen Bus. Als der Mann wegen seiner Sorgen einen Herzinfarkt erlitt, hatte seine Frau sich Jesus zugewandt und Gnade gefunden.

Seppo nickte.

»Kennen Sie Silvennoinen?« fragte der Mann. Nein, Seppo kannte niemanden, der so hieß.

Silvennoinen sei derjenige, der das Schicksal des Mannes besiegelt hatte. Ein junger, boshaft dreinblickender Bursche von der Provinzialbehörde, diensteifrig und unnachgiebig. Seppo sagte, wie schon so oft, es komme nicht auf die Personen an, sondern auf die Gesetze und Verordnungen. Sein Arbeitsplatz sei in Helsinki, nein, er kenne niemanden aus dem Bezirk Oulu. Der Mann schimpfte laut und ausdauernd auf Silvennoinen, den er mit Seppo verwechselte, und für einen kurzen Moment fürchtete Seppo, der Mann würde auf ihn losgehen. Sie saßen nebeneinander, der Mann war massig und drückte ihn gegen die Außenwand.

Der Reiseleiter kam und fragte, ob alles in Ordnung sei.

Geduldig erklärte Seppo, sein Nebenmann habe Schlimmes durchgemacht, und er verstehe ihn nur zu gut. Vielleicht könne man aber ein Lied singen, um die Stimmung zu lockern, er habe nichts dagegen; ein Choral sei jetzt durchaus angebracht.

Vainikainen sagte, Singen stehe nicht auf dem

Programm, Kirchenlieder und Gebete solle man sich für den Ölberg und den Garten Gethsemane aufsparen. Außerdem habe er seine Gitarre beim übrigen Reisegepäck verstaut.

»Und Elisabet? Könnte sie uns nicht ein bißchen mit ihrem Gesang aufmuntern?« Vainikainen versprach, sich zu erkundigen.

Sie fuhren durch ein tiefes Tal, links ragte der Berg Tabor auf. Seppo blätterte im Reiseprospekt und las, daß die Jünger auf diesem Berg die Verklärung ihres Herrn sehen durften. Er versuchte, den Mann aus Oulu darauf aufmerksam zu machen, aber den interessierte die Geschichte nicht. Er holte seine Schnapsflasche hervor und bot Seppo davon an. Seppo lehnte ab.

»Verheiratet?« fragte der Mann. Seppo nickte.

»Gemeinsam versteuert, wie?« fragte der Mann grinsend, und Seppo lächelte gequält. Er schloß die Augen, wollte ein Schläfchen machen.

»Na, stimmt's?«

»Meine Frau geht nicht arbeiten.«

Plötzlich stand Elisabet vor ihm. Sie erklärte unwirsch, sie habe überhaupt keine Lust zum Singen, wie käme er dazu, so etwas vorzuschlagen? Seppo sagte, sie solle nur auf ihren Platz gehen und sich beruhigen, niemand brauche zu singen. Elisabet verschwand, und der Mann aus Oulu war einen Moment ruhig.

»Die Frau da hat eine geistig behinderte Tochter«, sagte er schließlich mit ernster Stimme.

»Das Mädchen ist nicht geistig behindert, und die Frau da ist meine Frau.«

»Ehrlich?« Der Mann starrte Seppo mit offenem Mund an.

»Wie kommen Sie denn zu so einer tollen Frau?« fragte er unverblümt. »Geht sie fremd? Muß sie ja wohl!«

Seppo vertiefte sich wieder in den Reiseprospekt. Im Bus war es trotz der Klimaanlage und der getönten Scheiben ziemlich warm.

Der aus Oulu nahm einen Schluck aus seiner Flasche und erzählte, als junger Mann sei er ein großer Frauenheld gewesen. »Wenn ich wollte, würde ich auch jetzt noch jede rumkriegen. Was kann ich dafür, daß die Weiber mir nachlaufen? Trink einen, Junge, und guck nicht so bekümmert!«

Seppo machte eine abwehrende Gebärde und sah nach draußen.

»Ich bin bald sechzig, aber durchaus noch bei Kräften, das kannst du mir glauben! Wenn ich keinen Schnaps trinke, steht er mir, und zwar lange. Es wäre schade, sowas an eine einzige Frau zu verschwenden, schon gar nicht, wenn sie keinen Wert darauf legt, meine Frau nämlich. Deshalb habe ich zwei Freundinnen, sehr nette Dinger, die eine ist jung, noch nicht mal vierzig.«

Seppo fühlte sich ungemütlich, er schwitzte und ballte die Fäuste.

Endlich war die Fahrt zu Ende, sie hatten Jerusalem erreicht und bogen in eine schmale Straße ein, wo sich ihr Hotel befand. Sie durften aber nicht gleich aussteigen, denn vorher erläuterte ihnen Vainikainen das Programm für die nächsten Tage. Der Mann aus Oulu und Seppo standen dicht hintereinander im Gang, in Augenhöhe sah Seppo den breiten roten Nacken des Mannes vor sich. In der Sitzreihe neben ihnen saß eine vollbusige Frau, und der Mann drehte sich um und zwinkerte Seppo zu. Endlich bewegte sich die Schlange, die Reisenden stiegen aus. Seppo sah Elisabet als erste aussteigen, unbekümmert lachte sie über irgend etwas, was Vainikainen zu ihr sagte.

Seppo legte sich im Hotelzimmer aufs Bett. Gähnend streckte er die steifen Glieder. Die Frauen kamen herein, Elisabet sagte, in einer Stunde gäbe es Mittagessen. Sie packte die Koffer aus und summte vor sich hin, Seppo beobachtete sie aufmerksam.

»Hilf mir doch mal«, sagte sie. »Häng deine Sachen in den Schrank und leg den Koffer da oben rauf.«

Er tat es, zog sich um, nahm Schirmmütze, Sonnenbrille, Stadtplan, Fotoapparat und Filme und sagte, er ginge an die frische Luft.

»Wozu?« fragte Elisabet.

»Um mir ein bißchen die Füße zu vertreten. Die Fahrt war lang, und im Bus war so schlechte Luft.«

»Und das Mittagessen?«

Er sagte, er hätte keinen Hunger und käme in ein paar Stunden zurück.

Er brachte die Filme zum Entwickeln und wechselte Geld. In einer Einkaufsstraße, die Ben Yehuda hieß, bestellte er sich in einem Straßencafé ein Bier und merkte, wie seine Stimmung sich hob. Zum erstenmal war er allein unterwegs und fühlte sich befreit. Das ständige Beisammensein war nervenaufreibend – hatte er deshalb vor dem Mann aus Oulu beinahe die Fassung verloren?

Er trank Bier und betrachtete die Passanten. Die meisten waren Touristen, aber auch Einheimische gingen vorbei, orthodoxe Juden mit Schläfenlokken, steifen Hüten und knielangen schwarzen Mänteln. Die Sonne wärmte ihn, beim Bier entspannte er sich. Er zündete sich eine Pfeife an.

Gar nicht so schlecht, im Ausland zu sein, man war wie losgelöst vom Alltag, inmitten eines turbulenten, fremdartigen Lebens. Man fühlte sich in einer Weise frei, wie man es zu Hause nicht sein konnte. Dort banden einen Beschränkungen und Pflichten an ein bestimmtes Schema. Zwar bildeten sie einen sicheren Rahmen, doch engten sie das Leben auch ein. Voller Überschwang schrieb er: »Ich habe den Verdacht, daß meine fünfzehn Jahre bei der Behörde mir die Empfindsamkeit genommen haben, die für die geistige Entwicklung und überhaupt für ein menschenwürdiges Leben unerläßlich ist. Der Betonkoloß in Merihaka, in dem ich mich jeden Morgen gehorsam zur Arbeit einzufinden habe, erscheint von hier aus fremd, um nicht zu sagen unwirklich. Muß nicht jeder, der sich dort abplagt, gefühllos und abgestumpft sein? Kann ein Mensch dort arbeiten – ein Mensch in der eigentlichen Bedeutung des Wortes?«

Und er schrieb noch mehr.

»Von allen Vögeln, die ich kenne, hat die Nachtigall die schönste Stimme. Eine reiche Tonfolge, ein klarer, klangvoller Gesang. Ob das daran liegt, daß sie etwas von der Welt gesehen hat?«

Eine junge Frau stand plötzlich vor ihm. Seppo verstand nicht, was sie sagte; er konnte gerade so viel Englisch, daß er in den einfachsten Situationen zurechtkam. Die Frau zeigte auf Seppos Stift, dann auf sich. Er reichte ihr den Stift, und die Frau gab ihm mit freundlichen Gebärden zu verstehen, sie würde ihn gleich zurückbringen. Seppo hielt sein Gesicht in die Sonne und schloß die Augen. Nach zehn Minuten wurde ihm warm, und er hielt es für besser zu gehen. Er zahlte und suchte nach der Frau, sah sie aber nirgendwo. Er wartete noch ein paar Minuten, und als sie sich immer noch nicht blicken ließ, betrat er das Café und sah sich um. Ganz hinten saß eine Gruppe lebhaft plaudernder junger Leute und in ihrer Mitte eine Frau, die ihm bekannt vorkam. Seppo blieb vor ihr stehen und machte die Geste des Schreibens, die jungen Leute verstummten und starrten ihn an. Wieder schrieb er mit einem nicht vorhandenen Stift, die Frau wurde rot und zuckte mit den Schultern. Der junge Mann neben ihr hatte auf einmal einen merkwürdigen Gesichtsausdruck, und Seppo begriff, daß sie ihn mißverstanden hatten – er hatte die Frau nicht nach ihrer Telefonnummer fragen wollen. Als er sich vorbeugte, um auf den Stift in der Brusttasche des Jungen zu zeigen, rempelte ihn jemand an. Der Kellner kam hinzu, und Seppo hielt es für das beste, rasch zu verschwinden. Beim Weggehen hörte er lautes Gelächter.

Vor dem Café stand die Frau, der er den Stift

geliehen hatte, es war nicht diejenige, die er drinnen gesehen hatte. Sie faßte nach seinem Arm und gab ihm mit liebenswürdigem Lächeln den Stift zurück. Seppo machte sich eilig davon.

Er kam sich vor wie ein Idiot. An einer Bushaltestelle setzte er sich auf die Bank und betrachtete seinen Stift. Es war ein einfacher, billiger Kugelschreiber aus dem Amt, und dafür hatte er sich zum Narren gemacht? Vielleicht ging es weniger um den Stift als um die Erkenntnis, daß ihm sein Eigentum jederzeit abgenommen werden konnte. Im Ausland konnte das so schnell passieren, man konnte ihn skrupellos ausnutzen, er war eine leichte Beute für Betrüger jeder Art, denn ohne Sprachkenntnisse und mit seiner Gutgläubigkeit und seiner positiven Einstellung zu diesen Menschen war er ihnen wehrlos ausgeliefert. Seine Angst vervielfachte sich hier, aber er hatte sie auch zu Hause schon empfunden.

Ein paar Jahre zuvor hatte er seine Lederhandschuhe verloren und überall nach ihnen gesucht. Er hatte seine Kollegen gefragt, Zettel am Schwarzen Brett ausgehängt und in der Betriebszeitung inseriert. Nach Feierabend stand er am Tor, schaute den Leuten prüfend auf die Hände und glaubte in ihren Augen Mitleid und zu seinem Verdruß mitunter sogar Schadenfreude zu lesen. Ein halbes Jahr lang hatte er, wohin er auch ging, Hände angestarrt, in öffentlichen Verkehrsmitteln, auf der Straße, in den Geschäften, dann hatte er schließlich aufgegeben. Im Juni vor einem Jahr hatten sich die Handschuhe wieder angefunden. Er war während des Essens plötzlich vom Eßtisch aufgestanden, in den Flur gegangen, hatte die unterste Schublade im Garderobenschrank aufgeschlossen und ganz herausgezogen: Sie lagen ganz zuunterst im Schrank. Zitternd vor Erregung hatte er sie auf den Eßtisch geknallt. Elisabet war nicht bereit gewesen, die Schuld auf sich zu nehmen, und so hatte er Ursula beschuldigt. Um ihren Vater zu ärgern, hatte sie die Handschuhe unter der Schublade versteckt. Das Mädchen war seltsam, bei ihr mußte man auf alles gefaßt sein.

Er haßte es, etwas zu verleihen, er litt, wenn jemand ihn darum bat, denn wenn man die Sachen überhaupt zurückbekam, waren sie fast immer beschädigt. Bevor er ein eigenes Büro bekam, hatte er im Amt alles, was auf seinen Schreibtisch gehörte, mit seinen Initialen versehen, damit er nicht, wie er es unzählige Male hatte tun müssen, nach Feierabend durch alle Räume zu gehen brauchte, um seine Sachen von anderer Leute Tischen zu sammeln.

Jetzt lachte er über sich selbst. Wie dumm und kleinlich war er gewesen! An der Haltestelle stand ein Schuljunge. Seppo versuchte, dem Jungen seinen Stift zu schenken, doch der Kleine wich zurück. Er zückte die Brieftasche und nahm einen Geldschein heraus, bot ihn dem Schüler an. Der Bus kam, und der Junge stieg hastig ein. Am Fenster sah Seppo verwunderte Gesichter.

Er schrieb: »Plötzlich habe ich das fast zwanghafte Bedürfnis, etwas wegzugeben, was mir gehört. Früher führte ich über jeden Stift, jede

Büroklammer, jedes Gummiband ganz genau Buch, jetzt würde ich sogar das Hemd verschenken, das ich am Leibe trage, wenn das nicht unliebsames Aufsehen erregen würde. Ich habe hier noch keine Bettler gesehen – zum Glück, sonst wäre ich mein Geld wohl schon los!«

Er ging weiter und erreichte die Mauer um die Altstadt. Die Sonne brannte heiß, es war Mittag. Da er keine Lust hatte, zum Hotel zurückzukehren, ging er an der Mauer entlang nach Osten. Die hellen Gebäude warfen das Licht zurück, es blendete ihn. An einer Bude kaufte er ein Eis am Stiel und setzte sich auf eine Bank. Ein ausgemergelter Straßenköter kam angelaufen und bettelte. Er gab ihm das Eis.

Je weiter er ging, desto mehr Araber sah er. Die Straße war nicht mehr so sauber, es gab immer weniger Touristen. Er schaute auf den Stadtplan, vor ihm lag das Damaskus-Tor, Männer lungerten untätig neben dem Tor herum, sie sahen ihn groß an, einer löste sich aus der Gruppe und folgte ihm. Seppo drehte sich um, der Mann lächelte, er hatte Eisenkronen im Mund. Seppo beschleunigte seine Schritte, der Mann ebenfalls, er holte Seppo ein und sprach ihn an. Der Mann sagte immer wieder ein Wort, das Seppo nicht verstand, er schüttelte den Kopf, machte einen Satz auf die Straße, lief auf die andere Seite.

Er kam in den Ostteil der Stadt, stand an einer verkehrsreichen Straße, die einen arabischen Namen hatte und die er auf seinem Stadtplan nicht fand. Er wollte weg von den Autos und bog in eine schmale Gasse ein, die von Verkaufsständen gesäumt war. Er merkte, daß er in dem Menschengewühl der einzige Tourist war und daß um ihn herum lebhaft Handel getrieben wurde. Er griff nach seiner Kamera und begann zu fotografieren: die Obst- und Gemüseberge auf den Tischen, das an Eisenhaken hängende Geflügel ... Die Verkäufer riefen ihn an, wollten ihn zum Kauf bewegen, doch er ging weiter.

Es war heiß. Er schob die Schirmmütze hoch und wischte sich den Schweiß von der Stirn. Wo er war, wußte er längst nicht mehr. Als er den Gebetsruf durch die Straße schallen hörte, blieb er stehen und sah sich verwundert um, denn er erkannte nicht gleich, was es war. Er sah ein Minarett und hoch oben auf der Galerie einen weißgekleideten Mann, der in ein Mikrofon sang. Gleichzeitig wurde ihm schwindlig, er spürte eine jähe Müdigkeit und sehnte sich nach dem Hotel. Aber wo war es, und wo war die Hauptstraße, von der er in die Gasse eingebogen war? Er ging die nächste Querstraße entlang und kam auf eine breitere Straße mit weniger Menschen, aber mehr Autos. Auf der anderen Straßenseite lag ein leeres Baugelände. Er drehte sich um und entdeckte zwei Männer, einer von ihnen war der, der ihn am Damaskus-Tor angesprochen hatte. Sie folgten ihm, hatten ihn vielleicht schon vom Tor an verfolgt und kamen nun auf ihn zu. Er schob die Hand in die Tasche und fühlte nach seiner Brieftasche, dann begann er zu laufen. Er lief die Straße hinab und bog in eine

Gasse ein, wo dieselben Verkaufsbuden standen, die er vor einer Weile gesehen hatte, oder waren es andere? Er blickte zurück, die Männer waren nicht mehr zu sehen. Er ging weiter und kam zu dem Baugelände. Sein Herz pochte heftig, seine Hände zitterten. Er nahm den Stadtplan und versuchte, sich zurechtzufinden, aber der Schweiß lief ihm in die Augen, und er konnte nichts sehen. Er zuckte zusammen. Jemand sprach ihn an, der Mann mit den Eisenzähnen stand hinter ihm. Der zweite Mann starrte ihn mit versteinerten Zügen an, der erste sagte wieder das gleiche Wort, diesmal ungeduldig und, wie Seppo fand, in befehlendem Ton. Es gab keine Passanten, die Autos rasten vorbei. Seppo war vor Angst erstarrt, er hätte weglaufen müssen, doch dazu war er nicht fähig.

Dann geschah etwas, worüber er sich später wunderte. Plötzlich fürchtete er sich nicht mehr, er sah die Männer mit ruhigem, festem Blick an. Er lächelte sogar sanftmütig, holte gelassen seine Brieftasche hervor und hielt sie ihnen hin. Die Männer blickten sie an. »Nimm!« sagte er, und endlich griff der mit den Eisenkronen zu. Seppo drehte sich um und ging. Hinter dem Baugelände lag ein großes Feld, hinter dem Feld die Altstadtmauer. Er sprang über den Betonwall, ging über das Baugelände, eilte quer über das Feld und machte sich auf den Weg zu der Kreuzung, von der er zur Einkaufsstraße und zum Hotel gelangen würde.

Zerstreut ging er die Straße entlang und beschloß, sich einen Moment hinzusetzen und ein Bier zu trinken. Gedankenverloren betrachtete er die Passanten und schrak wieder zusammen – er hätte schwören können, daß dort Soile Anttonen vorbeiging. Eine junge Frau in Jeans, eine schwarze Tasche über der Schulter, strohblondes, halblanges Haar, ein Haarreif aus Plastik und eine Samtschleife. Er war im Begriff, dem Mädchen nachzulaufen, als ihm einfiel, daß sie tot war.

Der Kellner brachte die Rechnung, er aber hatte ja keine Brieftasche mehr, kraftlos breitete er die Arme aus. Der Mann am Nebentisch kam ihm zu Hilfe. »Was ist los?« fragte er auf deutsch. Seppo versuchte zu erklären, daß seine Brieftasche verschwunden sei und er überhaupt kein Geld in der Tasche habe, worauf der Mann nickte und für ihn bezahlte. Er bedankte sich, und der Mann fragte, woher er käme. »Finnland«, antwortete Seppo, und der Mann freute sich: »Ah, Lappland!« Er zeigte auf sich und auf seine weißhaarige Frau und erzählte, sie seien vor Jahren dort gewesen, wunderschön! Er gab Seppo seine Visitenkarte, ein Kunsttischler aus Westfalen, pensioniert. Seppo bedankte sich noch einmal und ging.

In der Hotelhalle traf er auf Vainikainen.

»Sind Sie einem Gespenst begegnet?« fragte der.

Seppo begriff nicht, was der Reiseleiter meinte, und ging schnell zum Fahrstuhl.

Er fuhr in den zweiten Stock und klopfte an die Tür, sie war nicht abgeschlossen. Im Zimmer duftete es nach Sandelholzöl, das Fenster stand einen Spaltbreit offen, im Hof hörte man die Vögel zwitschern. Das Licht fiel weich und warm ins Zimmer. Elisabet saß am Frisiertisch und bürstete sich die

Haare, sie hatte den Bademantel an, offenbar hatte sie gebadet. Ursula schlief. Es war still und friedlich im Zimmer, Seppo legte sich aufs Bett, seufzte. Er hatte Hunger, war aber zu müde, um essen zu gehen. Er lag mit geschlossenen Augen da und glaubte zuerst, er sei eingeschlafen und träume. Elisabet war neben ihm, nahm ihm vorsichtig die Mütze ab, trocknete seine Stirn und saß dann einfach am Bettrand und streichelte ihm leise die Hand.

Seppo wagte nicht, die Augen zu öffnen oder sich zu rühren, denn er fürchtete, dann würde seine Frau weggehen. »Du kannst dir nicht vorstellen, was mir in der Stadt passiert ist«, sagte er schließlich.

Er versuchte, Elisabet von der Brieftasche zu erzählen, aber sie verstand ihn nicht.

»Du hast sie weggegeben ...?«

Er erzählte, wie er sich gefühlt hatte, welch einzigartige, sonderbare Erfahrung er gemacht hatte. Plötzlich war die Furcht wie weggewischt gewesen, und an ihre Stelle war ein wunderbarer Friede getreten, die Gewißheit, daß ihn nichts bedrohte. »In dem Moment, als ich begriff, daß ich meine Brieftasche nicht brauche, daß ich vieles nicht brauche, was ich bisher für notwendig gehalten habe, daß ich auf die Brieftasche und auf manches andere ebensogut verzichten kann, hatte ich vor nichts mehr Angst. Und mein Geist war klar, rein ...« Er sah Elisabet an, mit leuchtendem Gesicht. Dann wurde ihm klar, daß seine Frau überhaupt nicht begriff, wovon er sprach. »Der Ausweis von der Krankenversicherung«, sagte sie. »War der auch drin?«

Seppo sah zum Fenster hinaus.

»Der Personalausweis?«

»Ich habe meinen Paß, und wenn ich wieder in Finnland bin, bekomme ich neue Papiere.«

»Der Führerschein?«

»Hier brauche ich doch nicht zu fahren.«

»Aber es war *deine* Brieftasche, verstehst du denn nicht?«

Seppo forderte sie auf, erst einmal Luft zu holen und sich hinzusetzen. Er begann so zu reden, wie er sich angewöhnt hatte, mit seiner Frau zu reden. »Warum soll ich nicht von meiner Habe den Armen geben, wo ich doch viel mehr besitze als viele andere?«

»Aber es war deine Brieftasche, Seppo, da war Geld drin …«

Er redete weiter. Er sprach davon, daß der größte Teil der Weltbevölkerung in unsagbarer Armut lebe. »Wir befinden uns hier in Breitengraden, wo aus verschiedenen Gründen Elend herrscht, und nicht nur Elend, sondern Unterdrückung und bittere Not.«

Er hörte seine Stimme wie aus weiter Ferne, sie schien ihm fremd. »Dieses Land haben die Juden den Palästinensern geraubt, und wie alle Eroberer handeln sie im Namen ihrer sogenannten Interessen brutal und unbarmherzig. Ich will nicht auf Einzelheiten eingehen; wenn es dich interessiert, kannst du zu Hause etwas darüber lesen. Wenn du willst, schreibe ich dir die Titel von ein paar Büchern auf, dann gehst du in die Bibliothek und leihst sie dir aus. Weißt du, was eine Bibliothek ist? Natürlich hast du schon von Bibliotheken gehört, Leihhäusern für Bücher … Gut. Hier, in dieser Stadt, treten die Mißstände sehr schnell ans Licht, man braucht nur ein paar Kilometer nach Osten zu gehen, und schon ändert sich das Bild. Die Menschen hungern vielleicht nicht gerade, aber sie sind materiell erheblich schlechter gestellt als hier im Westen der Stadt. Wenn ich ihnen wenigstens ein bißchen helfen kann, warum sollte ich es nicht tun? Wenn zwei schäbig gekleidete, schlecht ernährte Männer vor mir stehen, die zu Hause vielleicht unterernährte, schäbig gekleidete Frauen und Kinder haben, wenn sie wegen der Unterdrückungspolitik in diesem Land keine anständige Arbeit bekommen, mit der sie ihre Familien durchbringen können, wenn sie deshalb ihr Heim und ihren Arbeitsplatz verlieren, warum sollte ich ihnen nicht helfen? Der Verlust einer Brieftasche ist bedeutungslos, wenn ich an die Freude denke, die ich ihnen bereiten kann.«

»Verstehst du jetzt?« fragte er. Elisabet lackierte sich die Nägel, hob die Hände und bewunderte ihr Werk. Sie schwieg.

Die Sache war erledigt, Seppo hatte Kopfschmerzen. Am Abend nahm er eine Schmerztablette, aber sie half nicht, ebensowenig wie der schöne, für Jerusalem typische Sonnenuntergang, dessen sanftes Rot über die Häuser fiel, die Täler und Hügel bedeckten, über die Kirchtürme und Kuppeln, die spitzen Zypressen und die Pinien. Von der Stadt ging ein goldener Glanz aus, der nach und nach von bläulichem Nebel verhüllt wurde. Der Abend duftete nach Blumen und Kräutern, in den Parks zirpten die Zikaden, und die Vögel sangen in den Bäumen.

Vainikainen war nach dem Abendessen kurz in ihr Zimmer gekommen. Mit geheimnisvoller Miene hatte er vor Seppo gestanden und dessen schwarzlederne Brieftasche hervorgezogen. Ein Mann namens Abu Azmi hatte sie ihm am Nachmittag gebracht, die ganze Geschichte war eine Summe merkwürdiger Zufälle. Abu hatte erzählt, er habe die Brieftasche von einem blonden finnischen Touristen bekommen, der kein Englisch sprach und eine Schirmmütze von »Andachtsreisen« trug. Vainikainen berichtete, Abu habe gestrahlt und von einem Mißverständnis gesprochen. Die Männer hätten Seppo keineswegs ausrauben, sondern sich ihm als Führer anbieten wollen. »Wissen Sie, Abu verdient sich sein Geld, indem er Touristen durch die Altstadt führt – deshalb hat er Sie angesprochen. Er ist Fahrer einer hiesigen Reisebusfirma und wird unsere Gruppe nach Eilat bringen. Er wußte, in welchem Hotel er die Brieftasche abgeben mußte, weil die Quittung eines Fotogeschäfts in der Brieftasche steckte. In dem Geschäft hatte man ihm gesagt, im benachbarten Hotel wohnten Finnen.«

Seppo hatte sich bedankt und gehofft, der Reiseleiter mit seiner lächelnden Visage würde verschwinden. Als er gegangen war, hatte Elisabet weiterhin ihren Nagellack aufgetragen, nun waren die Fußnägel an der Reihe; Ursula hatte ihn angestarrt und leise gepfiffen. Er war ins Bad gegangen, hatte die Tür verriegelt und eine halbe Stunde lang auf dem Klo gesessen. Dann war er nach draußen gegangen, um den Block spaziert, weiter mochte er nicht gehen. Er hatte sich in der Hotelhalle aufgehalten und in Reiseprospekten geblättert, war auf den Bürgersteig gegangen, hatte eine Pfeife geraucht und den Sternenhimmel betrachtet, hatte den Großen Bären und die hell leuchtende Venus erkannt. Er hatte gefroren und war wieder hineingegangen, hatte in der Halle sorglose Mitreisende angetroffen und sie gegrüßt.

Da er keine Ruhe fand, hatte er eine Schlaftablette genommen und sich neben Elisabet gelegt – sie war von ihm abgerückt, und vom Zusatzbett hatte er ein wütendes Schnauben gehört. Seppo hatte an die Decke gestarrt und an Soile gedacht und gemerkt, wie seine Stimmung noch düsterer wurde. Er hatte sich bemüht, an etwas anderes zu denken, an eine Wanderung durch die unwegsamen Wälder im Innern Finnlands, und mit dieser Landschaft vor Augen war er schließlich eingeschlafen.

Am Vormittag fuhr er nach Gethsemane. Elisabet und Ursula kamen nicht mit, Elisabet sagte, Ursula brauche neue Sandalen, und sie wolle mit ihrer Tochter einkaufen gehen.

Seppo streifte durch Kapellen und Kirchen, saß ein wenig abwesend im Schatten der Olivenbäume. Der Reiseleiter erzählte, einige dieser Bäume seien sehr alt, schon Jesus habe unter ihnen gebetet. »Olivenbäume sterben nicht, ein neuer Baum sprießt aus dem Stamm des alten.«

Die Pilger hielten eine Andacht, knieten zum Gebet nieder, und unterdessen beobachtete Seppo Vainikainen. Er sah jünger aus, als er war; Seppo erinnerte sich, von Marja gehört zu haben, er sei vor kurzem vierzig geworden. Eine jungenhafte, hochaufgeschossene, hagere Gestalt mit einem gütigen, sanften Lächeln, einem ehrlichen, aufrichtigen Blick. Bisweilen geriet er in Eifer und erklärte mit übergroßer Genauigkeit Dinge, die

Seppo selbstverständlich schienen und die er selbst mit einem kurzen, nüchternen Satz abgehandelt hätte.

Er wußte, daß Elisabet ihn schon vor der Reise gekannt hatte. Sie hatten sich vor Jahren bei einem Missionsabend der Gemeinde kennengelernt. Elisabet hatte damals von einem sympathischen Pfarrer erzählt, der Martti hieß und zwei Jahre als Missionar im afrikanischen Botswana tätig war. Der Mann sei nicht verheiratet, seit seiner Rückkehr führe er Pilger durch Israel.

Die Gruppe betrat die nach Maria Magdalena benannte Kirche. Seppo blieb draußen, setzte sich im Schatten der Bäume auf eine Bank und schaute zu, wie die Sonne durch das Laubwerk einer großen Eiche schimmerte. Vainikainen erschien auf der Kirchentreppe, kam auf Seppo zu. Seppo nahm seine Pfeife und zündete sie an, Vainikainen setzte sich neben ihn, sie waren eine Weile still.

»Wissen Sie, was Gethsemane bedeutet?« fragte Vainikainen.

Nein, das wußte Seppo nicht.

»Ölkelter. Get-shemna«, erklärte Vainikainen.

»Bei so vielen Olivenbäumen braucht man wohl auch eine Ölkelter«, sagte Seppo, und Vainikainen nickte. Seppo klopfte seine Pfeife an der Bank aus. Sein Blick fiel auf die Hand des Reiseleiters, an der ein Finger fehlte. Er fragte, was mit dem Finger geschehen sei. Vainikainen zögerte mit der Antwort, sagte dann etwas vom Teufel, der erst den Finger nehme und dann den ganzen Menschen, wenn man nicht auf der Hut sei.

»Wie Sie sehen, bin ich glimpflich davongekommen.«

Seppo wußte nicht, was er darauf erwidern sollte. Er fragte, nur um überhaupt etwas zu sagen, ob Vainikainen an Teufel glaube.

»Natürlich, ich glaube doch auch an Engel.«

»Und an Gespenster? Als ich gestern ins Hotel kam, haben Sie mich gefragt, ob ich ein Gespenst gesehen hätte.«

»Sie sahen so aus. Aber, um die Wahrheit zu sagen, ich glaube nicht, daß es Gespenster gibt.« Dann erklärte er, diese Dinge interessierten ihn nicht – interessant sei dagegen, in welcher Beziehung derjenige, der ein Gespenst sieht, zu diesem Geist, also zu dem Toten, gestanden habe. »Hat er ihm Unrecht getan? Plagt den Geisterseher das Gewissen?«

»Eine Schuld?«

»Nicht unbedingt. Irgend etwas Unvollendetes, das gibt es ja oft genug.«

Vainikainen sah ihn ernst an, und Seppo fühlte sich unbehaglich. »Eine Turteltaube«, sagte er, als er auf dem Rasen einen Vogel erblickte.

Sie saßen schweigend da, das Sirren der Zikaden betäubte die Ohren. Vainikainen ging zurück in die Kirche, und Seppo blieb nachdenklich auf der Bank sitzen.

Vor drei Jahren war sie beim Finanzamt eingestellt worden. Seppo hörte in der Mittagspause davon: Schon wieder ein neues Laufmädchen, das alles durcheinanderbringen wird – das ist hier doch keine geschützte Werkstätte, auch wenn es sich um eine staatliche Behörde handelt ... Am Nachmittag kam die Neue in das Zimmer, in dem Seppo damals arbeitete, er war in seine Papiere vertieft, als er plötzlich sah, wie sich eine kleine runde Hand auf seinen Tisch legte. Er blickte auf, sah ein junges Mädchen, kaum über zwanzig, das ihn mit blassem, furchtsamem Gesicht ansah. Seppo warf einen Blick auf die Papiere, sie waren nicht für ihn. Er sagte, sie habe sich im Zimmer geirrt, das Mädchen nahm die Papiere und drehte sich um, sie war klein, der Rücken trotz ihrer Jugend leicht gebeugt. Seppo sah ihre abgetretenen Schuhe, die Schmutzflecken an den Hosenbeinen.

»Wie heißen Sie?« fragte er.

»Soile Anttonen.«

»Woher kommen Sie?«

»Aus Kontiolahti.«

»Und das ist Ihr erster Job?«

»Im Sommer habe ich im Rathaus gearbeitet«, antwortete sie. »Als Laufmädchen.«

Seppo trug ihr auf, in Zukunft sorgfältiger zu sein, die Codes und die Namen der Mitarbeiter auswendig zu lernen. Das Mädchen nickte. Ihre großen blauen Augen blickten ihn offen an, voller Respekt und Furcht. Sie tat ihm leid, er ließ sie gehen.

Eine halbe Stunde später rief er das Mädchen zurück. Die Ablage war vom Schreibtisch gefallen, er wies sie an, die Papiere aufzusammeln. Sie kniete sich bereitwillig hin, kroch über den Fußboden, den kleinen, runden Hintern hochgereckt. Seppo stellte sich ans Fenster und wartete.

»Wie lange sind Sie schon in Helsinki?«

»Drei Wochen«, antwortete sie unter dem Tisch hervor.

»Gefällt es Ihnen?« Seppo bekam keine Antwort. Dann kam Soile wieder zum Vorschein, mit rotem, glänzendem Gesicht, die Augen noch furchtsamer als zuvor.

»Was?«

»Schon gut, Sie können gehen.«

Seppo und Elisabet schliefen getrennt. Äußerst selten nur entstand zwischen ihnen eine Nähe, die zu Küssen und zum Geschlechtsakt führen konnte, und Seppo schien kein Verlangen danach zu haben, im Gegensatz zu Elisabet, die damals gelegentlich noch ziemlich unverblümt die Initiative ergriff. Sie war zu eifrig, zu leidenschaftlich, ihr keuchender Atem, das erregte Kreisen ihres Hinterns, ihre langen, nassen Zungenküsse führten bei Seppo nur zu Atembeklemmung und zum Abschlaffen der Erektion. Was ihn einst zu Elisabet hingezogen hatte, stieß ihn nun ab, so stark, daß er Abscheu empfand. Aber als Soile Anttonen im Amt auftauchte, ging in ihm eine Veränderung vor. Eines Abends, als Elisabet die Spätnachrichten im Fernsehen sah, kam Seppo aus seinem Zimmer und bat um Tee. Elisabet wirkte freudig überrascht – natürlich, sagte sie und eilte in die Küche. Sie saßen auf dem Sofa, tranken Tee und aßen mit Zimt gewürzten Zwieback, etwas anderes war nicht da, Elisabet hatte nicht damit gerechnet, ein Umstand, für den sie sich immer wieder entschuldigte.

Seppo faßte Elisabet an der Hand, Elisabet warf ihm einen Blick zu, voller Erwartung und Verwirrung. Sie gingen in Seppos Zimmer, ließen sich auf dem Pritschenbett nieder, der Akt war leidenschaftlich und im Nu vorbei. Elisabet hatte immer noch den gleichen erwartungsvollen und verwirrten Gesichtsausdruck, Seppo begriff, daß seine Frau so schnell nicht mitgekommen war. Er war müde, hoffte, sie würde so bald wie möglich verschwinden, und drehte ihr den Rücken zu. Die Pritsche war schmal, und als er sie sicherheitshalber mit dem Ellenbogen knuffte, verstand sie, daß es ratsam war, aufzustehen und zu gehen. Die Tür fiel zu, er drehte sich auf den Rücken, reckte sich, seufzte und sah Soile Anttonen vor sich, sah, wie sich der schmächtige Mädchenleib mit gespreizten Beinen auf ihn senkte, wie ihre Schenkel sich an seine Lenden preßten, wie ihr unschuldiges, reines, williges Gesicht näher kam und wie sich ihre und seine Lippen in einem langen Kuß vereinten. Die Haut des Mädchens war weich und glatt, ihre Zunge warm und lieblich, ihr Mund süß und heiß. Seppo malte sich ihre Brüste aus, ihren festen, runden Bauch, ihren kleinen Hintern, und zitterte vor Lust. Er dachte an Soile Anttonen, während er sich selbst befriedigte, und fühlte sich glücklich.

Am folgenden Tag erinnerte er sich belustigt an den Vorfall und fragte sich, wieso ihn dieses schüchterne, unerfahrene Laufmädchen so in Fahrt gebracht hatte. Als Soile auf der Morgenrunde in sein Büro kam, grüßte er nicht, sah nicht von seinen Papieren auf, und als er merkte, daß sie ihm wieder einen Brief gebracht hatte, der für einen anderen bestimmt war, fragte er mit nüchterner, kühler Stimme: »Wissen Sie, wie ich heiße?« Das Mädchen wurde rot, nein, seinen Namen hatte sie sich nicht gemerkt. Seppo gab ihr den Brief zurück. »Pertti Rahikainen heiße ich jedenfalls nicht.« Soile wirkte verlegen und stolperte beim Hinausgehen über die Schwelle.

Am Nachmittag bei der Sitzung dachte Seppo an ihren Mund. Es war der kleinste Mund, den er je gesehen hatte, klein, aber zugleich üppig, mit schön geschwungenen Lippen.

Nach der Sitzung rief Seppo sie zu sich. Er hatte keinen Auftrag für sie, er sagte, er wolle ihr helfen, wenn sie einmal etwas nicht wisse oder könne, sie dürfe sich ungeniert mit jeder Frage an ihn wenden, und er werde sie gerne anleiten. Dann reichte er dem Mädchen einen Brief, den sie zur Postabfertigung bringen sollte. Ihre Hände berührten sich flüchtig, ihre Finger waren kurz und kindlich rund, die Nägel so gründlich abgenagt, daß nur noch Stummel übrig waren. Plötzlich erfüllte ihn väterliche Sorge um dieses Geschöpf.

»Wo wohnen Sie?« fragte er.

Soile sah ihn an, als sei sie bei einem Verbrechen ertappt worden.

»Bei meinem Bruder.«

Seppo war erleichtert, sie hatte zum Glück einen Verwandten in Helsinki, jemanden, der nach ihr sah.

»Das ist gut«, sagte er und lächelte.

In der Nacht lag er lange wach. Er versuchte erfolglos, Soile aus seinen Gedanken zu verbannen. Nach kurzem Schlummer erwachte er voller Unruhe. Er duschte kalt, und als er zurückkam, sehnte er sich leidenschaftlich nach dem Mädchen.

Nachdem ihm sein Zustand bewußt geworden war, begann er, dagegen anzukämpfen. Er schämte sich. Wenn Soile ins Zimmer kam, sprach er nicht mit ihr, sah sie nicht an, er wandte ihr den Rücken zu, wenn er sie in der Kantine sah, nahm einen anderen Aufzug, wenn das Mädchen auf denselben wartete wie er. Gegen seine Träume indes konnte er nichts ausrichten, er träumte fast jede Nacht von Soile und hatte beim Erwachen oft das Gefühl, er hätte sie die ganze Nacht in den Armen gehalten.

Im November, als Soile zwei Monate im Haus war, fragte Frau Eskelinen, ob Seppo etwas dagegen hätte, wenn die Kleine, dieses Laufmädchen, ins Amtsgebäude nach Pasila versetzt und an ihrer Statt ein vietnamesischer Flüchtling eingestellt würde. »Der Mann spricht finnisch und hat sich in seiner letzten Stelle als vorbildliche Kraft erwiesen. Außerdem, was haben wir dabei zu verlieren, dieses Mädchen fällt uns ja doch nur zur Last!«

Seppo war der gleichen Ansicht, auch er fand Soile langsam und nachlässig, vielleicht hatten sie in Pasila irgendeine leichte Arbeit für sie, steckten sie vielleicht in die Kopierzentrale im Keller oder in die Zentralküche zum Kartoffelschälen. Er hielt es für eine gute Idee, Soile fortzuschicken, nun würde er vielleicht seine Ruhe wiederfinden. Aber es kam anders. Eine Woche nach dem Weggang des Mädchens rief er sie an.

»Wie geht's?«

Das Mädchen antwortete nicht, wunderte sich wohl. »Wie geht es Ihnen?« fragte Seppo und merkte, daß er ungewohnt schmeichlerisch sprach.

»Gut«, antwortete das Mädchen kaum hörbar.

Seppo sagte, es sei schade, daß Soile sie verlassen habe, er hoffe jedoch, die Arbeit in Pasila sei anregend und interessant. »Wenn Sie etwas brauchen, Hilfe, Rat, was auch immer, wenden Sie sich an mich. Sie können sich auf mich verlassen.« Er gab ihr seine Durchwahlnummer und legte auf.

Soile rief ihn nicht an, daher telefonierte er eine Woche später von neuem. Seppo sagte, er sei sozusagen verantwortlich dafür, daß sie nach Pasila versetzt worden sei, und wolle dies wiedergutmachen, sie beispielsweise mal zum Kaffee einladen, wenn es ihr recht sei. Er würde sie nach der Arbeit in Pasila abholen. Vorsichtshalber, damit sie nicht gesehen wurden, schlug er einen Treffpunkt vor, der etwa einen Kilometer vom Amtsgebäude entfernt lag. »Einverstanden? Für die Beine eines Laufmädchens ist ein Kilometer doch gar nichts«, sagte er lachend, und Soile versprach zu kommen.

Er saß in seinem Auto und dachte schon, sie habe sich eines anderen besonnen, da sah er sie um die Ecke biegen und an der Ampel auf Grün warten. Sie wirkte ebenso unsicher wie früher, scheu und verstohlen suchte sie Seppos Auto. Er bereute die ganze Geschichte, verstand sich selbst nicht mehr, wußte nicht, was er da tat, was er eigentlich wollte, er schämte sich, verspürte eine leise Beklemmung, doch zugleich weckte die Gestalt dieses Mädchens eine unbegreifliche Sehnsucht in ihm.

Das Mädchen stieg ein. Seppo fuhr zusammen, als er ihr müdes Gesicht sah, ihre traurigen Augen, den Mund, den sie mit grellem Lippenstift beschmiert hatte. Sie fuhren an den Strand von Kaivopuisto, von dem Soile noch nie gehört hatte. Und daß sie sich verspätet hatte, lag daran, daß sie die Straßenecke nicht gefunden hatte. »Ich kenn' nur den Weg vom Amt zur Haltestelle und von der Haltestelle nach Hause«, sagte sie in ihrem breiten Dialekt.

Im Café saß jemand, den Seppo flüchtig zu kennen glaubte, und so machten sie am Eingang kehrt und stiegen wieder ins Auto. »Wir können auch zu mir«, sagte Soile und fügte hinzu, ihr Bruder sei nicht zu Hause. Seppo kaufte unterwegs Kuchen und ein Pfund Kaffee. Sie kamen in die Helsinkistraße, in der Soile wohnte: ein kleines Zimmer im dritten Stock, ein Bett, am Fenster ein Tisch, auf dem Tisch ein Fernglas. Soile ging nie aus, sie saß an ihrem Fenster und richtete das Fernglas auf die Straße, beobachtete die Schlittschuhläufer auf dem Sportplatz an der Brahestraße und konnte nicht begreifen, daß es dort schon im Oktober Eis gab. An der Wand hing das Bild einer Schönheitskönigin, weil jemand gesagt hatte, Soile sähe ihr ähnlich. »Ich finde, meine Nase ist breiter, wie eine Kartoffel«, sagte das Mädchen ernsthaft, aber Seppo versicherte ihr, sie hätte die süßeste Nase, die er je gesehen habe.

Sie tranken Kaffee, aßen Kuchen, und dann griff Seppo nach Soiles Hand. Sie war kalt und feucht, das Mädchen war aufgeregt, Seppo lächelte sie ermunternd an. »Ich hab in dem neuen Job fünf Kilo abgenommen«, sagte sie.

»Warum denn das?«

»Das Gebäude hat acht Stockwerke.«

Seppo sah sie fragend an. Soile erzählte, jemand habe gesagt, Boten dürften nicht mit dem Aufzug fahren.

»Warum nicht?«

»Fahrstühle sind für die Beamten reserviert, und außerdem soll Strom gespart werden.«

Seppo schlang die Arme um sie.

»Und sie beschweren sich, daß ich immer zu spät komme. Aber ich laufe doch den ganzen Tag, ich laufe und laufe ...«

Er stieß auf leichten Widerstand, als er Soile aufs Bett drückte, aber als er sie aufs Ohr küßte und flüsterte, sie sei wunderbar, niemand dürfe ihr etwas zuleide tun, dafür werde er persönlich sorgen, verschwand die Spannung, und sie sah Seppo aus feuchten Augen an.

»Ehrlich?«

»Natürlich!«

Das Eis war gebrochen, sie zogen sich aus, nahmen die Tagesdecke vom Bett und liebten sich.

Ganz reibungslos ging es nicht ab. Als Seppo in sie eindringen wollte, machte sie sich steif und fing an zu weinen. Seppo streichelte ihr den Kopf. »Liebst du mich?« fragte sie, und Seppo gestand, daß er sie liebte. »Kann ich dir vertrauen?« – »Natürlich.« – »Du betrügst mich nicht, verläßt mich nicht?« – »Ganz bestimmt nicht.«

Soile war noch Jungfrau. Sie kam aus dem Bad und erzählte, in ihrem Heimatort hätte es Jungen gegeben, die es bei ihr versucht hätten, aber sie hätte keine Lust gehabt oder jedenfalls nicht genug. »Mit dir ist es anders, du bist gut und zärtlich zu mir.« Vertrauensvoll drängte sie sich an ihn, schmiegte sich in seine Arme, schloß die Augen und lächelte.

Seppo sah auf die Uhr.

»Wann kommt dein Bruder?« fragte er.

»Morgen. Du kannst die ganze Nacht bleiben, wenn du willst.«

Seppo sagte, das ginge auf keinen Fall. Er stand auf und begann sich anzuziehen. Ihm war plötzlich eingefallen, daß es Freitag war, daß Elisabet schon mehr als eine Stunde mit dem Essen wartete, er hatte an Fleischklößchen in Rahmsoße gedacht, sein Lieblingsgericht, das seine Frau freitags oft kochte, und daran, daß sie um acht Uhr in die Sauna gehen wollten. Plötzlich hatte er sich in dem Zimmer beengt gefühlt, es war klein und ungemütlich, und er hatte an den Bruder gedacht, der trotz allem nach Hause kommen konnte, er oder jemand anders – er, Seppo, wußte ja praktisch nichts von Soile. Und als er Soile ansah, die mit zerzausten Haaren, ins Bettlaken gewickelt, dasaß, fühlte er sich schuldig und empfand zugleich etwas, was er sich nur schwer eingestehen konnte. War es Mitleid oder gar Verachtung?

»Ich bin verheiratet«, sagte er mit Nachdruck, umarmte das Mädchen und ging.

Am Abend nahm er seine Frau so leidenschaftlich, daß sie einen heftigen Orgasmus hatte.

Am Montag beschloß er, das Mädchen anzurufen, sich für seinen Fehltritt zu entschuldigen und ihr zu sagen, daß der Vorfall vom Freitag sich nicht wiederholen würde. Als er aber ihre Stimme hörte, schlug er statt dessen ein Treffen vor und fuhr zu der vereinbarten Stelle, wo sie sich auch am Freitag getroffen hatten. Es regnete, das Mädchen stand an der Straße, wohl schon seit einer Viertelstunde, denn um so viel hatte sich Seppo verspätet. Er öffnete den Schlag, und Soile warf sich in seine Arme. Sie war naß und zitterte, entweder vor Kälte oder weil sie befürchtet hatte, Seppo werde nicht kommen oder ihm sei etwas zugestoßen, ein Verkehrsunfall zum Beispiel. Aber jetzt sei alles gut, versicherte sie und drängte sich eng an ihn. Seppo mußte sie behutsam bitten, von ihm abzurücken, damit er fahren konnte.

Er fühlte sich unbehaglich. Soiles überraschende Wildheit störte ihn. Sie kamen in die Wohnung, der Bruder war wieder nicht da, Soile ging schnurstracks zum Bett, warf die Tagesdecke beiseite, zog sich aus und legte sich auf die Matratze. »Komm!«

sagte sie. Der Liebesakt verlief problemlos, war aber nicht so erregend wie am Freitag. Seppo war noch in ihr, als Soile zaghaft von den Kaffeebons anfing.

»Ich habe uns aus der Zeitung zwei Kaffeebons ausgeschnitten. Dafür bekommt man fünfundzwanzig Prozent Rabatt auf zwei Tassen Kaffee und Kopenhagener. Das Café ist ganz in der Nähe, es dauert nur eine Viertelstunde.«

Seppo zog sich die Socken an. Er sagte, er habe jetzt keinen Appetit auf Kaffee, die Familie warte, und außerdem habe er heute schon sechs Tassen getrunken.

»Man kann auch Limo bekommen, wenn man will.«

»Ein andermal«, sagte Seppo.

Soile zupfte niedergeschlagen an den Kaffeebons, Seppo umarmte sie flüchtig und ging.

Elisabet blieb nach den Spätnachrichten im Wohnzimmer und wartete, daß Seppo sie in sein Zimmer rief. Sie war beim Friseur gewesen und hatte sich ein neues Nachthemd gekauft. Mit erwartungsvoller Miene lag sie auf dem Sofa, und das ärgerte ihn, er ging kühl an ihr vorbei und sagte gute Nacht.

Das Verhältnis dauerte an, Seppo wunderte sich darüber. Er wollte Schluß machen, wußte aber nicht wie. Immer wenn er Soile ansah, verzerrte sie ihr Gesicht zu einem angestrengten Lächeln, aber in ihren Augen stand Entsetzen. Sie bemühte sich in jeder Beziehung, Seppo zu gefallen, war angespannt und auf der Hut, sprach leise, fast flüsternd, verschluckte einzelne Wörter, lächelte entschuldigend, und manchmal schien sie den Atem anzuhalten, als fürchtete sie, sogar ihr Atem könnte Seppo stören. Im Bett bot sie sich bereitwillig zum Beischlaf an, keuchte mit roten Wangen, spielte ihm einen Orgasmus vor, und immer häufiger brach sie nach dem Akt in wildes Schluchzen aus.

Einmal saßen sie in der Imbißstube, in der Soile an den Wochenenden zu essen pflegte. »Für hier hatte ich die Kaffeebons«, sagte sie. »Sonntags gibt es hier guten Kuchen, sie backen selbst.« Seppo warf einen Blick auf die Uhr. Soile schaute zur Bedienung hin und sagte: »Danke, daß du mitgekommen bist. Jetzt sehen sie, daß ich nicht immer allein bin.«

Es stellte sich heraus, daß Soile gar nicht mit ihrem Bruder zusammenlebte. Der Bruder war vor ein paar Jahren nach Helsinki gekommen, hatte die Wohnung gemietet, in der Soile jetzt wohnte, war dann aber krank geworden und nach Kontiolahti zurückgekehrt. Als Seppo herauszufinden versuchte, warum sie gelogen hatte, gab sie ausweichende Antworten. Einmal hatte sie am Fenster gesessen und hinausgestarrt. »Ich beneide meinen Bruder«, hatte sie gedankenverloren gesagt. »Er lebt in seiner eigenen Welt, er braucht nicht auf diese Weise zu leiden.«

Seppo fragte verwundert, was sie damit meine, und erfuhr, daß der Bruder in einer Nervenheilanstalt war.

Einmal, als sie unter Seppo lag, hatte sie seine Hände gepackt und um ihren Hals gelegt. »Bring mich um«, hatte sie gesagt und ihn angesehen, als meine sie es ernst.

Wenn er sie anrief, dann nur noch aus Mitleid. Gegen Ende des Winters gab es im Amt viel zu tun, und abends zu Hause beschäftigte er sich mit einem neuen Computerprogramm, von dem er meinte, er könne es eines Tages bei der Arbeit gebrauchen. Es vergingen drei Wochen, ohne daß er Verbindung zu dem Mädchen aufnahm, und als ein ganzer Monat verstrichen war, rief Soile ihn an. Er klagte über die Arbeitslast, verbarg seinen Ärger, gab sich sachlich und freundlich. Soile rief ihn auch zu Hause an, und Elisabet wunderte sich, wer da wohl jedesmal den Hörer auflegte, wenn sie sich meldete. Es kam oft vor, daß das Gespräch auch dann unterbrochen wurde, wenn Seppo an den Apparat ging, und wenn Soile zu sprechen wagte, waren ihre Worte nicht zu verstehen, sie jammerte nur, und ein paarmal weinte sie.

Ende April beschloß er, Soile ein letztes Mal zu treffen, ihr ein für allemal klarzumachen, daß ihre Affäre ein Ende haben mußte. Er verabredete sich mit ihr an der Straßenecke, derselben wie früher, er wollte nach der Arbeit hinfahren. Es fiel Schneeregen, er hatte sich verspätet, sah das Mädchen schon von weitem. Als er am Treffpunkt ankam, konnte er nicht anhalten, er fuhr vorbei. Soile war nicht auf die Idee gekommen, sich unterzustellen, sie stand in einer Pfütze mit ihren abgetretenen Schuhen, in einer dünnen Jeansjacke, eine Tasche über der Schulter und um den Kopf einen Stirnreif aus Plastik. Seppo fuhr einmal um den Block, er mußte doch noch einmal zu ihr zurück, hielt an, und sie stieg ein. Sie fuhren aus der Stadt heraus, denn Seppo wollte nicht in ihre Wohnung. Am Rand einer Kiesgrube stoppte er, Soile schmiegte sich an ihn und weinte herzzerreißend. »Einmal noch«, flehte sie, »laß uns dieses eine Mal noch zusammensein.« Seppo drückte auf einen Knopf, und die Rücklehnen kippten nach hinten, Soile zog sich die Hose aus, Seppo legte sich auf sie, wie so oft, aber es kam nicht zum Koitus, der Versuch schlug fehl. Seppo drückte auf den Knopf, und die Sitze richteten sich auf. Er erinnerte sich daran, was er als junger Mann geschrieben hatte. »Wenn sich das Wild zum Abschuß anbietet, läßt der Jäger es in Ruhe.« Wie recht er gehabt hatte!

»Wir fahren jetzt lieber«, sagte er. »Es ist dir doch klar, daß wir uns nicht mehr sehen werden.« Und dann nahm er aus seiner Brieftasche zwei Hundertmarkscheine und gab sie dem Mädchen. »Kauf dir neue Schuhe«, sagte er. »Fahr auch nach Kontiolahti oder sonstwohin, aber ruf mich nicht mehr an!«

Er ließ Soile in ihrer Straße aussteigen, im Wegfahren sah er, wie sie sich umdrehte, hinter dem Auto herlief und fiel. Kurz darauf bemerkte er ihre Handtasche auf dem Sitz und fuhr zurück, aber Soile war nicht mehr zu sehen. Er beschloß, die Tasche am nächsten Morgen mit der Hauspost ins Amtsgebäude nach Pasila zu schicken.

In der Majavastraße blieb er im Auto sitzen und starrte dumpf vor sich hin. Er sehnte sich nach frischer Luft, spazierte einmal um den Block und ging nach Hause.

Spät am Abend erschien seine Frau ungebeten in seinem Zimmer. Seppo sagte, er sei müde und müsse früh aufstehen, doch sie setzte sich trotzdem auf seine Pritsche und begann, ihn zu streicheln. »Wärest du bitte so freundlich, mich in Ruhe zu lassen?« bat er. Seine Frau scherte sich nicht darum, sie roch nach saurem Rotwein und wirkte schlaff. Ihre Augen glänzten, und sie lachte sonderbar. Dann zog sie den Reißverschluß an seiner Hose auf. Seppo geriet in Wut, er sprang auf, nahm den Gürtel, der über der Stuhllehne hing, und schlug seine Frau. Weinend lief sie aus dem Zimmer, und Seppo knallte die Tür zu, drehte den Schlüssel um und schrie: »Ihr verdammten Weiber, laßt mich in Ruhe!«

Bis früh um fünf war er wach. Er beschäftigte sich mit seinem Computer und versuchte, seine Gedanken in vernünftige Bahnen zu lenken. Als es ihm endlich gelungen war, ging er schlafen, beschloß vorher noch, mit Frauen künftig vorsichtiger zu sein.

Am Frühstückstisch drängte sich Ursula zwischen Seppo und Elisabet, als wollte sie ihre Mutter schützen. Woher wußte sie...? Seppo überlegte, ob Elisabet ihr schon davon erzählt hatte oder ob die Tochter ahnte, was passiert war.

Elisabet sagte, sie wolle sich scheiden lassen. Seppo lächelte gelassen. »Wie du willst«, sagte er. »Ich habe nichts dagegen.« Am Abend hatte Elisabet sich anders besonnen, sie sprach nicht mehr von Scheidung, behandelte Seppo aber, als ob er Luft wäre. Es dauerte nicht lange, und sie begann von einer Reise in den Süden zu sprechen, von der ersten, zu der Seppo schließlich seine Zustimmung gab; er besorgte das Geld und ließ Frau und Tochter nach Marokko reisen.

Im Herbst erzählte ihm Frau Eskelinen: »Das Botenmädchen, wissen Sie noch, das junge Ding, das vor einem Jahr bei uns gearbeitet hat und das wir nach Pasila abgeschoben haben, ist dort auch schon wieder gefeuert worden.« Wohin sie gegangen war, wußte die Eskelinen nicht. Im Frühjahr setzte sich Seppo eines Mittags zufällig an einen Tisch, an dem gerade über Soile gesprochen wurde. Irgendwer sagte, Soile Anttonen sei tot. Ihre Leiche sei in einer Kiesgrube in der Nähe von Helsinki gefunden worden, es habe auch in der Zeitung gestanden. Das Mädchen sei schwanger gewesen, und passiert sei es schon im Herbst. Sie sei in die Grube gefallen oder gesprungen, die Leiche sei stark verwest gewesen und schwer zu identifizieren.

Seppo zerquetschte eine Kartoffel, aber er konnte nichts essen. Er saß eine Weile still da, stand auf, sagte, er habe etwas Wichtiges vergessen, was unbedingt erledigt werden müsse, und ging. Den ganzen Tag war er schweigsam und gedankenverloren, so daß er sogar gefragt wurde, ob er krank sei. Er kam nach Hause, saß den ganzen Abend vor dem dunklen Bildschirm seines Computers und starrte vor sich hin. Aber am nächsten Tag riß er sich zusammen, befaßte sich resolut mit den Vorgängen, die zu bearbeiten waren, und riß in der Kantine seine üblichen, etwas trockenen Witze, die seine Kollegen in dröhnendes Gelächter ausbrechen ließen.

Er beschloß, nicht mehr an Soile Anttonen zu denken, es war ja doch nichts mehr zu ändern.

Nach dem Ausflug räumte er auf. In der Nähe des Hotels wurden Blumen verkauft, er kaufte eine rote Rose und stellte sie im Zahnputzglas auf den Nachttisch. Die Frauen kamen aus der Stadt zurück, und Seppo bat sie, ihm die Sandalen zu zeigen. Elisabet wunderte sich. Was für Sandalen?

»Wolltet ihr nicht welche kaufen?«

»Ach ja«, sagte Elisabet, »wir haben keine gefunden. Den ganzen Tag sind wir von einem Laden zum anderen gelaufen, aber die Schuhe waren alle viel zu klein für Ursula.«

»Und die Männerschuhe?«

»Die auch.« Elisabet sah unglücklich aus. Dann ging sie unter die Dusche. Ursula legte sich auf ihr Bett und fing an, an einem Gummiband herumzuziehen. Elisabet kam zurück, entdeckte die Rose und dankte ihm dafür. »Aufgeräumt hast du auch. Was ist denn in dich gefahren?« Sie strahlte, fing an, ihre nassen Haare zu kämmen. Seppo sagte, er wolle mit ihr reden. »Na los!« – »Unter vier Augen«, sagte Seppo. »Ich habe auf dieser Reise über einiges nachgedacht, und darüber möchte ich mit dir reden.« Elisabet erwiderte, sie habe keine Lust zu reden und sie habe auch keine Probleme. Vielleicht habe Seppo das Gefühl, er sei schuld an irgendwelchen Problemen, aber sie trage ihm nichts nach.

»Dir ist alles vergeben«, sagte sie und lächelte.

»Aber trotzdem ... könnten wir nicht ... Marja könnte sich solange um das Mädchen kümmern, wir hätten endlich mal ein wenig Zeit für uns.«

»Zum Reden sind wir nicht hergekommen. Kannst du dich nicht wenigstens dieses eine Mal einfach nur amüsieren und das Leben genießen?«

Dann sang sie.

Am Abend gingen sie in einen Nachtklub, in dem Volkstänze aufgeführt wurden. Die mitreißende Musik, die schwungvollen Tänze, die typisch südländische Fröhlichkeit und Ungezwungenheit begeisterten die Reisenden, entzückt schlugen sie das Tamburin. Seppo trank Wein, trommelte ebenfalls auf dem Tamburin und musterte dabei ununterbrochen seine Frau. Sie war ihm noch nie so schön erschienen wie an diesem Abend. Sie gingen auf die Tanzfläche, es wurde ein Letkiss getanzt. Als die Musik schneller wurde, löste sich Vainikainen von den anderen, schlang seine Arme um Elisabets Taille und wirbelte sie im Kreis herum. Sie lachten, sie strahlten. Eingereiht zwischen den anderen Tänzern, sah Seppo ihnen zu, und obwohl er lächelnd weiterhopste, war seine gute Laune verflogen. Es war klar, daß die beiden etwas miteinander hatten, Vainikainen jedenfalls schien in Seppos Frau verliebt zu sein, selbst dem Dümmsten konnte nicht entgehen, daß Elisabet für ihn mehr war als nur eine Bekannte vom Gemeindeabend.

Seppo tanzte Kasatschok. Mit angstverzerrtem Gesicht ging er im Takt der Musik abwechselnd in die Hocke und sprang auf. Die anderen bildeten einen Kreis und klatschten anfeuernd in die Hände. Auch Vainikainen fing an, Kasatschok zu tanzen, aber viel geschmeidiger und müheloser, ganz offensichtlich war er in ausgezeichneter Form. Seppo hörte auf und ging schwer atmend an seinen Tisch zurück. Ursula saugte an ihrem Strohhalm und sah ihn mitleidig an.

In der Nacht vertrieb er sich in der Hotelhalle die Zeit, blätterte wieder in Reiseprospekten und rauchte auf dem Bürgersteig seine Pfeife. Gegen drei hatte er endlich das Gefühl, bald einschlafen zu können, und ging zu Bett.

Die Frauen fuhren am Morgen nach Bethlehem, er schlief weiter und erwachte um elf. Er verließ das Hotel, ging zum Fotogeschäft, holte die Bilder ab, setzte sich in ein Straßencafé und bestellte Mineralwasser und eine Tasse Kaffee. Er holte die Bilder hervor, betrachtete sie, steckte sie weg, sah sie sich dann doch wieder an. Vainikainen und Elisabet saßen Hand in Hand auf dem Berg der Seligpreisungen. Vainikainen, mit dem Gesicht zur Kamera, blickte Elisabet verliebt an. Seppo bestellte noch eine Flasche Wasser und reinigte seine Pfeife. Er starrte auf das Foto, legte es weg.

Im Hotel warf er die Fotos aufs Bett und beschloß zu duschen. Er zog sich aus, setzte sich nackt aufs Bett und hörte Nachrichten in hebräischer Sprache. Vainikainen fehlte ein Finger, vielleicht hatte Elisabet seine Hand untersucht? Er ging unter die Dusche, der Duschvorhang fiel mitsamt der Stange herunter. Er wollte den Schaden melden, wußte aber nicht, was Stange auf englisch heißt, also machte er sich selbst an die Reparatur – ohne Erfolg, der Putz bröckelte ab, und er konnte von Glück sagen, daß ihm nicht die ganze Wand auf den Buckel fiel. In südlichen Ländern sind die Häuser von schlechter Qualität, es wird nachlässig gearbeitet, das Baumaterial ist minderwertig. Vorsichtshalber beschloß er nachzusehen, wo sich der Notausgang befand, ging auf den Flur, entdeckte am Ende des Gangs eine Tür und stellte fest, daß der Teppichboden aus leicht brennbarer Kunstfaser bestand und die Wände mit einem billigen Plastikbelag überzogen waren. Er fragte sich, ob man im Reisebüro wohl wußte, in welchen Bruchbuden die Reisenden untergebracht wurden. Die Veranstalter gaben sich christlich, schienen aber wie alle anderen nur ans Kassieren zu denken.

Er erinnerte sich an Schlagzeilen, die er im Laufe der Jahre gesehen hatte: Hotelbrand auf Mallorca – Disco-Brand auf Rhodos – Tanklasterexplosion in Spanien – Verdorbene Mayonnaise brachte Finnen den Tod – Kanarische Inseln: Fahrstuhltrosse gerissen, zwei Finnen stürzten in den Schacht ... Tourismus war Betrug, das hatte er schon vor dem Abflug gewußt. Auf den ersten Blick sah alles so gut aus, aber es handelte sich um Kulissen, nichts als Kulissen, balsamierte Palmen und Plastikrasen. Verärgert rechnete er sich vor, wie teuer diese Reise war, für drei Personen hatte er mehr als zehntausend Mark hinblättern müssen.

Auf dem Gang begegnete ihm ein kleines, dunkelhaariges Zimmermädchen. Sie lächelte freundlich. Seppo sagte auf finnisch »Duschvorhang« und zeigte mit den Händen, was er meinte. Sie lächelte unaufhörlich, Seppos Hand zitterte. Er ging in sein Zimmer, knallte die Tür hinter sich zu. Warum müssen wir diese Menschen ertragen? Der vietnamesische Bote damals war überhaupt nicht so eine vorbildliche Kraft, wie die Eskelinen behauptet hatte. Er verstand nicht einmal, was man ihm sagte. Auch er lächelte ständig. Guten Tag. Lächeln ... Von wo in Vietnam kommen Sie? Lächeln ... Wo wohnen Sie jetzt? Lächeln ... Sie haben das falsche Gutachten kopiert. Lächeln ... Wissen Sie, was ein Gutachten ist? Lächeln ... Aber das Schlitzauge hatte bei der Eskelinen einen Stein im Brett, deshalb durfte der Mann bleiben. Seppo hatte nichts dazu gesagt, aber daran denken müssen, daß das Abholzen der Regenwälder in Südamerika anderswo auf der Welt Erdbeben, Wolkenbrüche und Überschwemmungen zur Folge hatte. Das gleiche Gesetz von Ursache und Wirkung galt auch für die Menschen. Die Natur hatte es so eingerichtet, daß die Gelben in Asien, die Schwarzen in Afrika und die Weißen in der nördlichen Hemisphäre lebten, und an dieser Ordnung durfte man ebensowenig herumpfuschen wie an allen anderen Naturgesetzen. Aus einem Schwarzen kann man keinen Weißen machen und aus einem Weißen keinen Schwarzen. Wenn ein Skandinavier nach Australien auswandert, bekommt er Hautkrebs, wenn man einen Südamerikaner nach Jakomäki steckt, begeht er Selbstmord. Ein Weißer, der in den Tropen lebt, wird stumpfsinnig, verfällt dem Alkohol oder nimmt Drogen, genauso ergeht es einem Indianer oder Grönländer in der Großstadt. Wenn das Finanzamt einen Vietnamesen zum Boten macht, verschwinden wichtige Dokumente, Briefe, die zur Post sollen, werden vergessen, Einladungen zu Sitzungen kommen nicht an. Seppo dachte, der Mann sei sicher nicht schlechter als er selbst, nur eben anders. In dem Kulturkreis, aus dem dieser Mann stammte, würde er, Seppo, sicherlich ebenfalls vieles falsch machen, vermutlich würde er sich in Asien nicht einen Tag lang heimisch fühlen. Seppo war der Ansicht, die Menschen sollten bleiben, wo sie waren, sollten sie doch allein mit ihren Problemen fertigwerden, schließlich hatte Finnland nach dem Krieg die Karelier aus den abgetretenen Gebieten ja auch nicht nach Sibirien geschickt!

Zum Abendessen waren die Frauen noch immer nicht da. Seppo wunderte sich, denn die Bethlehem-Ausflügler waren schon vor längerer Zeit im Hotel eingetroffen. Im Speisesaal entdeckte er Vainikainen und fragte ihn, wie der Ausflug verlaufen sei, ob er seiner Frau und seiner Tochter gefallen habe. Der Reiseleiter sagte, er hätte die beiden nicht gesehen.

»Ich war so müde heute früh, wahrscheinlich habe ich Elisabet falsch verstanden«, sagte Seppo lachend.

Der Speisesaal leerte sich, Seppo blieb allein am Tisch. Er war niedergeschlagen, sein Körper kam ihm schwer vor, es schien nur unter größten

Anstrengungen möglich, ihn nach oben, ins Zimmer, zu bewegen. Er sah zur Tür, von der man die Halle und das Kommen und Gehen der Gäste überblicken konnte.

Schließlich entdeckte er sie, Elisabet kam als erste durch das Portal, Marja als letzte, in der Mitte ging die um einen Kopf größere Ursula, eine gelbe Plastiktüte in der Hand. Der Kellner räumte ab, Seppo mußte den Speisesaal verlassen, aber ins Zimmer hinauf wollte er noch nicht. Er blieb in der Halle, besah sich wieder einmal die Reiseprospekte und warf einen Blick auf die Anschlagtafel. Dann ging auch er nach oben.

Ursula saß auf dem Stuhl und zog neue Sandalen an, Elisabet war im Badezimmer.

»Seppo, bist du's?« rief sie. »Wo warst du? Wir kommen aus Bethlehem zurück, und niemand ist da!«

Seppo öffnete die Tür, orientalische Düfte schlugen ihm entgegen, durch den Dampf hindurch sah er seine nackte Frau. Sie lag in der Badewanne, ihre nassen, glänzenden Brüste ragten aus dem Schaum. Sie lächelte müde, ihre Augen waren dunkel, ihre Oberlippe war geschwollen, als hätte sie jemand gebissen.

»Der Duschvorhang ist heruntergefallen«, sagte sie.

»Wo warst du?«

»In Bethlehem.«

»Du lügst.«

»Wir haben für Ursula Sandalen gekauft, Männersandalen.«

Seppo wiederholte seine Frage, Elisabet ließ sich nicht aus der Ruhe bringen, sie pustete auf den Schaum und freute sich daran.

»Einkaufen«, sagte sie schließlich. »Mit Marja.«

»Und dafür habt ihr den ganzen Tag gebraucht?«

»In den Geschäften waren so viele Leute.«

Seppo holte das Foto und bat sie, es sich genau anzusehen.

»Ziemlich gut geworden«, sagte sie und gab es ihm zurück. Das Foto war naß, Seppo wischte es am Hosenbein ab. Er fragte geradeheraus, ob sie ein Verhältnis mit Vainikainen hätte. Elisabet lachte auf.

»Sei still und wasch mir den Rücken. Da ist der Schwamm.«

Seppo kniete sich hin und begann ihren Rücken zu schrubben. Ihre Haut duftete, sie war heiß und naß. Dann fing sie an zu erzählen. Sie war verliebt, aber nicht in Vainikainen. Sie hatten einmal etwas miteinander gehabt, aber es war kein Verhältnis gewesen. Jedenfalls war jetzt nichts mehr zwischen ihnen, wenigstens von ihrer Seite nicht. Sie drehte sich um, sah Seppo an. »Der Mann lebt hier, er arbeitet in einem Hotel. Er würde dir gefallen«, sagte sie, »vielleicht lernt ihr euch noch kennen. Wenn Ben sich freimachen kann, kommt er vielleicht für ein paar Tage nach Eilat. Falls er kommt, macht es dir doch sicher nichts aus, mit Ursula allein zu bleiben, wir haben so selten Gelegenheit zusammenzusein. Wir haben uns vor ein paar Jahren in Marokko kennengelernt. Als ich das erste

Mal mit Ursula in den Süden gereist bin, erinnerst du dich? Er mag Kinder, er hat Ursula sehr gern, er ist der erste Mann, der mit Ursula umgehen kann. Er sagt, er weiß, was mit Ursula los ist. Nichts. Der Fehler liegt bei uns. Ursula ist normal, wir wissen es bloß nicht!«

Seppo stand langsam auf, er hielt den tropfenden Schwamm in der Hand.

»Mach den Fußboden nicht naß, Liebling«, sagte Elisabet.

»Du warst also bei ihm?«

»Ja. Marja hat sich inzwischen um Ursula gekümmert. Zuerst haben sie Sandalen gekauft, und dann haben sie sich im Finnischen Hospiz mit Marjas Bekannten getroffen.«

Elisabet wusch sich jetzt die Füße. Sie summte vor sich hin. Seppo sah, daß seine Frau sich rasiert hatte, die Schenkel und die Achselhöhlen waren glatt, und auch der dunkle Schatten über der Oberlippe war verschwunden. Er fühlte sich kraftlos, als wären ihm alle Glieder eingeschlafen, in seinem Kopf war eine dröhnende Leere.

»Würdest du mich jetzt bitte allein lassen?« bat Elisabet freundlich. »Bestell mir doch beim Zimmerkellner etwas zu essen, ich habe schrecklichen Hunger.«

Seppo bewegte sich nicht. Eigentlich hörte er gar nicht, was seine Frau sagte, er blickte starr geradeaus, wie ein Toter.

»Nun geh schon. Ich will mir die Haare waschen, und da hier kein Duschvorhang mehr ist, würdest du dabei klitschnaß werden.«

Ursula griff nach ihrem Vater. Sanft führte seine Tochter ihn über die Schwelle und half ihm, sich aufs Bett zu setzen.

Weil es schon Abend war, zog sich Elisabet nicht mehr an, ein Slip und ein ärmelloses Hemd genügten ihr. Sorglos saß sie mit nassem Haar auf dem Bett und aß ein Sandwich. Sie sieht genauso aus wie vor fünfzehn Jahren, als ich sie auf der Insel bei Inkoo zum ersten Mal gesehen habe..., dachte Seppo. Nicht einen Tag älter, genauso frisch und unbeschwert! Sie war aus dem Bad gekommen, hatte Seppo eine Cremedose zugeworfen, sich nackt aufs Bett gelegt und ihn gebeten, sie von Kopf bis Fuß einzucremen. Seppo hatte es getan. »Du solltest nicht eifersüchtig sein«, hatte sie gesagt, »ich bin doch mit dir verheiratet.«

»Ben ist erst vor einem Jahr nach Israel gekommen. Er ist marokkanischer Jude.«

Seppo rieb Elisabets Rücken ein.

»Er war im Winter in Finnland, eine Woche lang, er hat bei Martti gewohnt, sie sind gute Freunde geworden.«

Der Rücken war fertig, Elisabet drehte sich um.

»Wer weiß sonst noch davon?« fragte Seppo.

»Alle! Aber dir wollte ich's nicht sagen. Weißt du, du hast mir leid getan. Ich habe Martti gebeten, in Eilat anzurufen und für dich und Ursula ein Extrazimmer zu bestellen. Es macht dir doch nichts aus, daß es im Erdgeschoß über der Küche liegt und vergitterte Fenster hat? Es war das einzige freie

Zimmer. Normalerweise wird es gar nicht an Touristen vermietet, es ist wohl eine Art Abstellraum, aber sie haben versprochen, ihn leerzuräumen und in Ordnung zu bringen, denn ich habe Martti ausrichten lassen, daß es sich um einen Fall von Force majeure handelt. Als Grund habe ich angegeben, Ursulas Schnarchen störe mich dermaßen, daß ich ein eigenes Zimmer brauche, um auf dieser Reise wenigstens ein bißchen Schlaf zu finden. Ich wollte ihm noch nicht von Ben erzählen, das verstehst du doch?«

Seppo cremte Elisabets Brust ein. Seine Hand war gefühllos, bewegte sich mechanisch, er war wie betäubt.

»Ben ist so ein feiner und aufmerksamer Mensch. Er hat vorgeschlagen, daß wir das kleine Zimmer nehmen, aber das sehe ich gar nicht ein. Er arbeitet so hart. Wenn oder falls er frei kriegt und kommen kann, hat er unbedingt eine angenehme Umgebung verdient. Wenn er hierbleibt, reise ich natürlich nicht ab. Dann kannst du allein mit Ursula nach Eilat fahren.«

Der Zimmerkellner hatte ihr ein Sandwich gebracht, sie hatte Slip und Hemd übergezogen und ihrer Tochter gesagt, sie solle sich ausziehen und zu Bett gehen. Ursula lag auf der Seite, mit dem Gesicht zur Wand. Seppo wußte nicht, ob sie schlief oder wach war.

»Und sei bitte freundlich zu Ben, du weißt gar nicht, was für ein Schatz er ist«, sagte Elisabet.

Seppo stellte sich ans Fenster und blickte auf die gegenüberliegende Hauswand. Er beschloß, nach draußen zu gehen und frische Luft zu schnappen. Er sagte seiner Frau Bescheid; ihr Gesicht hellte sich auf. Sie bat ihren Mann, zu dem Hotel zu gehen, in dem Ben arbeitcte, und ihm den Schirm zurückzubringen, den sie sich von ihm geliehen hatte. »Am Nachmittag hatte es nach Regen ausgesehen, und Ben bestand darauf, daß ich den Schirm mitnehme.« Elisabet zeigte ihm auf dem Stadtplan, wo das Hotel lag, es war nicht weit von dem ihren. Sie steckte den Schirm in die gelbe Plastiktüte, schrieb den Namen des Mannes darauf und trug Seppo auf, die Tüte an der Rezeption abzugeben.

»Wenn du ihn sehen solltest, bestell Grüße von mir!«

Seppo kam es vor, als hätte sie ihn aus dem Zimmer geschoben, dabei hatte sie ihn nicht einmal angerührt.

»Und bring Erfrischungstücher mit!« rief sie ihm durch den Türspalt nach.

Er ging den Flur entlang, rannte die Treppe hinunter, kam in die Halle und trat hinaus auf die Straße.

Mit seiner Tüte stand er vor dem großen Hotelgebäude. Autos bogen in die halbmondförmige Zufahrt ein, hielten vor dem Portal, und ihnen entstiegen wohlhabend wirkende Touristen. Livrierte Männer umringten sie, trugen das Gepäck und hielten ihnen die Türen auf. Die Wände waren aus Glas, so daß er in ein großes, geräumiges Foyer blicken konnte. Marmorfußboden, Kristall an der Decke, unzählige kleine Wandlampen ließen die Wände glitzern. Hier und da Säulen, überall runde

Sofas und ältere Leute, die sich gedämpft unterhielten.

Seppo wollte die Tüte in einen Abfalleimer werfen und weitergehen, überlegte es sich dann aber anders und betrat das Hotel. An der Rezeption fragte man ihn nach seinem Anliegen, und er stammelte, er wolle die Tüte abgeben. Er zeigte auf den Namen, der auf der Tüte stand, drehte sich um und wollte gehen, aber die Angestellte bat ihn zu warten und ging in ein Hinterzimmer. Dann kam sie zurück, begleitet von einem livrierten Mann, der Seppo bat, ihm zu folgen. Der Mann bewegte sich schnell, und Seppos Einwände waren wirkungslos. Sie gingen eine Treppe hinab, durchquerten einen großen Speisesaal und gelangten durch eine Pendeltür in die Küche. Der Livrierte blieb vor einem dunkelhäutigen Mann stehen, der eine Schürze umgebunden hatte und Geschirr in eine Spülmaschine stapelte. Ihm gab der andere die Tüte, klopfte ihm auf den Rücken, sie wechselten ein paar Worte, waren wohl alte Bekannte.

Er war nicht groß, ein paar Zentimeter kleiner als Seppo. Gedrungen, der Nacken kurz. Rauhe schwarze Locken, braune Haut, schwarze Augen, in denen Gefügigkeit lag, zugleich auch Wachsamkeit, leises Mißtrauen. Oben fehlte ihm ein Zahn, seine Haut wirkte fettig, von der Hitze, die in der Küche herrschte. Sein Alter war schwer zu schätzen, aber er war bestimmt jünger als Elisabet.

Seppo wußte nicht, wo er die Hände lassen sollte, er steckte sie in die Tasche. Um ihn herum dröhnten die Küchenmaschinen, aus den Kesseln dampfte es. Die Küche war ein riesiger Saal, in dem das Personal, durchweg dunkelhäutiger als die Juden, lärmend und geschäftig umherlief.

Da Seppo kein Wort hervorbrachte, wurde der Blick des Mannes immer mißtrauischer.

»Meine Frau ... my wife ...«, begann Seppo und merkte, daß seine Stimme in dem Lärm unterging.

»Elisabet!« rief er, und der Dunkelhäutige lächelte ihn strahlend an.

»You ... husband», sagte der Mann triumphierend. Seppo nickte, und sie drückten sich kräftig die Hand. Der Mann nahm den Schirm aus der Tüte und bedankte sich. Seppo glaubte zu träumen, auch er lächelte strahlend und dankte seinerseits dem Marokkaner, wer weiß wofür.

»Elisabet ... Eilat ...« Der Mann deutete auf sich selbst. »I come Monday, Monday, you understand?« Er sprach übertrieben deutlich, wie zu einem Kind.

»Yes«, sagte Seppo.

»You tell Elisabet ... You? You?« Seppo nickte, wozu das viele Gerede, er hatte schon verstanden. »You tell I come Monday to Eilat. Monday! Remember?« Wieder nickte Seppo und spürte das eingefrorene Lächeln auf seinem Gesicht.

»Is it alright that I come to Eilat? Is it alright with you?«

Sicherheitshalber nickte Seppo, dann gaben sie sich die Hand, verabschiedeten sich voneinander, und Seppo ging.

Lange lief er danach durch die Straßen und schnappte nach Luft. Er fühlte sich wie von zähflüssigem Nebel umgeben, alle Geräusche schienen ihm fern und unwirklich. Erst als er in dem schon vertrauten Straßencafé saß, begriff er, was geschehen war, und fühlte sich tief gedemütigt. Als säße ich in einer tiefen Grube und alles, die ganze Welt, läge unerreichbar hoch über mir. Er trank rasch hintereinander drei Bier, und als er das vierte zum Munde führte, hatte er das Gefühl, an den Rand der Grube geklettert zu sein und die Welt mit neuen Augen zu sehen. Auf seinem Gesicht lag ein harter, spöttischer Zug, und als er an Elisabet dachte, tat sie ihm vor allem leid. Er zahlte, ging ins Hotel, bat den Portier um Briefpapier, setzte sich in einen Sessel und schrieb an Vainikainen.

Lieber Herr Vainikainen!

Heute, am siebten Tag unserer Reise, möchte ich voller Zufriedenheit feststellen, daß bisher alles sehr gut verlaufen ist. Sie werden verstehen, daß ich, der ich nicht der Kirche angehöre und der Religion skeptisch gegenüberstehe, befürchtet hatte, öfter die Nerven zu verlieren oder wenigstens der Andachten, Kirchenlieder und sonstigen bei derlei Reisen obligatorischen Rituale überdrüssig zu werden, aber dazu ist es nicht gekommen. Auch gegen die Reisegesellschaft habe ich nichts einzuwenden. Obwohl ich mit meinen Mitreisenden keine nähere Bekanntschaft geschlossen habe, konnte ich ihre positive Einstellung, ihre Aufgeschlossenheit und ihr unkompliziertes, partnerschaftliches Verhalten wahrnehmen, und das Zusammensein war für mich eine angenehme, erfrischende Erfahrung. Ich schätze Ehrlichkeit und Direktheit, und deshalb war es mir eine Freude, Sie kennenzulernen. Unermüdlich haben Sie uns vom Leben in diesem Land und von seiner reichen Vergangenheit erzählt, uns an interessante Orte geführt, deren Schönheit zumindest mich überwältigt hat. Außerdem haben Sie uns Dinge aus der biblischen Geschichte erzählt, die mir nicht bekannt waren.

Auch wenn ich an meine privaten Belange denke, habe ich keinen Anlaß, mich zu beklagen. Jede Reise ist mit Gefahren verbunden, aber man darf sich nicht vor ihnen fürchten, das verstehe ich jetzt, es ist nur gut, mit neuen, überraschenden Situationen konfrontiert zu werden, frischen Wind in alte Denkmuster und eingefahrene Verhaltensweisen zu bringen, neue Perspektiven zu gewinnen, die einem im Alltag noch lange von Nutzen sein können.

Zu meiner Freude habe ich auch erfahren, daß Elisabet in diesem Land einen Geliebten hat. Daß Sie ebenfalls eine Art Verhältnis mit ihr gehabt haben, war eine angenehme Überraschung. Sie wundern sich natürlich, Sie dachten, ich würde anders reagieren. Aber nein, ohne mich selbst loben zu wollen, muß ich doch sagen, daß auch ich, anders als manche Leute glauben, aufgeschlossen und großzügig bin. Tatsächlich kann ich nun, da ich weiß, daß Elisabet auch anderen gefällt, sicher sein, daß sie einigermaßen normal ist und daß meine Arbeit in dieser Hinsicht erfolgreich war. Ich übertreibe nicht, wenn ich sage, daß erst ich einen Menschen aus ihr gemacht habe. Wenn Sie sie vor fünfzehn Jahren gesehen hätten, hätten Sie sich bestimmt nichts aus ihr gemacht. Sie hatte keinerlei Erziehung genossen, ihr Vater war, gelinde gesagt, ein Original. Zuerst hat mich die Offenheit, die Ungezwungenheit, die sorglose Fröhlichkeit der beiden fasziniert, bis ich dahinter etwas anderes erkannte. Ich habe nie mit jemandem darüber gesprochen und auch selbst gar nicht mehr daran gedacht. Das war nicht nötig, denn ich glaubte, Elisabet hätte sich verändert. Ich habe mich geirrt, ich komme nicht mehr weiter, wenn ich Ihnen nicht mein Herz ausschütte, Ihnen nicht erzähle, was mich damals so verwirrt hat und mir heute noch seltsam erscheint.

Vor allem wußte sie nicht, wie man sich bei Tisch benimmt, sie kratzte sich an unanständigen Körperteilen, und wenn sie zur Toilette ging, ließ sie immer die Tür offenstehen. Wenn das Wetter es zuließ, lief sie im Sommer nackt herum, und im ersten Jahr unserer Ehe bewegte sie sich auch in der Wohnung nackt, nahm am Fenster ihr Luftbad, so daß alle, die gegenüber wohnten, sie sehen konnten. Ich befahl ihr, sich etwas anzuziehen, und sie wunderte sich noch, warum!

Kochen konnte sie nicht, mit ihrem Vater hatte sie in Restaurants gegessen, oder Marja Lavén war vorbeigekommen und hatte für sie gekocht. Spülen fand sie überflüssig, auf der Insel packte sie das schmutzige Geschirr ins Boot, ruderte aufs Meer hinaus und warf es ins Wasser. Als ich den Fischkasten am Ufer aufmachte, fand ich gründlich eingeweichte, verrostete Töpfe, Messer und Gabeln, die seit drei Jahren dort gelegen hatten. Das ganze Grundstück war heruntergekommen. Als ich versuchte, es in Ordnung zu bringen, vor allem das Ufer auszubaggern, fragte der Vater, warum ich mir die Mühe mache. Er lag in seiner Hängematte, einen Kognakschwenker in der Hand, und sagte: »Nun mach mal halblang, Junge, entspann dich und genieße das Leben!«

Ich betrachtete den Vater als einen gescheiterten Künstler, er selbst sah sich als verkanntes Genie. Er saß am Klavier und hämmerte auf die Tasten, und ich mußte mir bis zum Überdruß seine merkwürdigen Kompositionen anhören, oder die Klagen, die er im Suff von sich gab – er sei seiner Zeit voraus, und niemand begreife ihn. Ich mochte ihn nicht, sein Gerede strotzte von Wortspielen, absichtlich so kompliziert und unbegreiflich, daß ich sie nicht verstand und er mich so sehen konnte, wie er mich sehen wollte, als Durchschnittsmenschen, dessen Verstand obendrein simpel und anspruchslos war. Er war hochgewachsen, etwa sechzig Jahre alt und trug einen grauen Bart, in dem ich alles mögliche hängen sah, mal Klümpchen aus der Milchsuppe, mal Gräten.

Elisabet war völlig von ihm abhängig. Die Freunde des Vaters (viele hatte er nicht) waren auch ihre Freunde, das war ihren Worten zu entnehmen. Gleichaltrige traf sie nur im Chor. Was mir zuerst als Vertrauen und Wärme erschienen war, entpuppte sich – wie soll ich es nennen – als krankhaft. Oder was meinen Sie dazu: Der Vater klagt über ein Jucken im Ohr, und die Tochter fängt an, an seinem Ohr zu lutschen! Oder: Am Eßtisch steckt er seiner Tochter seinen großen Fuß zwischen die Schenkel, und in der Sauna schrubben sie sich mit solcher Inbrunst gegenseitig ab, daß ich gezwungen bin, an die frische Luft zu gehen. Wenn der Vater nicht schon tot wäre und ich nicht genau wüßte, wann unsere Tochter gezeugt wurde, müßte ich den Verdacht hegen, daß dieser Mann Ursulas Vater ist!

Zum Glück starb er, das war Elisabets Rettung. Daß ich im entscheidenden Augenblick in ihr Leben trat, hat ihr sehr geholfen. Ich begann, sie zu erziehen, und fing mit den elementaren Dingen an. Sie mußte stubenrein gemacht werden wie ein junger Hund. Ich erklärte ihr unter anderem, daß eine erwachsene Frau Unterwäsche tragen, sich wenigstens einmal am Tag kämmen und ab und zu duschen oder baden sollte. Ich lehrte sie kochen, hatte ich doch selbst lange ein Junggesellenleben geführt und beherrschte die Kochkunst aus dem Effeff. Heute bringt sie Gerichte auf den Tisch, die ich nicht einmal im Traum zubereiten könnte. Sie hat ihre gesunde Mütterlichkeit bewiesen, indem sie vorbildlich und verantwortungsbewußt für unsere Tochter gesorgt hat. Ich will mich keineswegs beklagen, bin in jeder Hinsicht zufrieden. Ich schäme mich nicht mehr für sie, wage mich sogar mit ihr ins Ausland, denn ich weiß, daß es bei uns gesittet zugeht und daß wir zumindest auf den ersten Blick wie eine leidlich normale Familie wirken.

Jeder Mensch hat sein Geheimnis, jede Familie ihren dunklen Punkt, so wie wir. Ich hätte Ihnen nichts davon gesagt, wenn im Verlauf unserer Reise nicht diese überraschende Wende eingetreten wäre. Durch den Tellerwäscher, der das Herz meiner Frau so vollauf erobert hat, hat die positive Entwicklung der letzten fünfzehn Jahre einen Rückschlag erlitten. Ich weiß jedoch aus Erfahrung, daß dergleichen Küchenhilfen bald in Vergessenheit geraten und daß das Leben dann in die gewohnten Bahnen zurückkehrt. Wissen Sie, auch ich habe mir ja gelegentlich einen Seitensprung erlaubt, das waren kleine, nebensächliche Verfehlungen, von denen ich meiner Frau wegen ihrer Unwichtigkeit und auch aus Taktgefühl nichts erzählt habe. Wir laufen doch alle im Kreis, in einem Kreis, der vom Alltag und von der rauhen Wirklichkeit gezogen wird. Wir können ihn für kurze Zeit vergessen und uns, wenn das Licht auf uns fällt, einbilden, nun nähme das Leben eine neue, glückliche Wende, aber schließlich müssen wir doch immer wieder zurück in unsere Tretmühle.

Ich kann nicht verhehlen, daß ich nach allem, was geschehen ist, einen leisen Schmerz verspüre. Ich fühle mich ein wenig verletzt, ich denke, nach allem, was ich für Elisabet getan habe, hätte ich eine bessere Behandlung verdient. Daß sie mich nun wegwirft wie einen ausgedienten Handschuh, finde ich grausam und ungerecht. Ich habe sie zum Blühen gebracht, und andere halten jetzt Ernte. Aber vielleicht gehört auch das zu den brutalen Spielregeln des Lebens, und die zu ändern, versuche ich gar nicht erst.

Natürlich komme ich mit nach Eilat, wohne in der vergitterten Kammer, die Sie für mich reserviert haben, und beobachte die Ereignisse, in der Hoffnung, daß sich alles doch noch zum Guten wendet. Wenn keine Wende eintritt, werde ich mich auch dieser Situation anpassen, werde versuchen, dieses Leben zu leben, das manchmal unbeständig und völlig unberechenbar ist.

Ihr Freund Seppo.

II

Die Reise ging programmgemäß weiter, sie fuhren pünktlich ab. Die Hügel von Jerusalem und die verkehrsreiche Autobahn blieben zurück, vor ihnen lag die Wüste, der dunstige Horizont bebte und flimmerte in der Hitze, als sei die Luft angefüllt mit einer heißen, siedenden Flüssigkeit. Karge Felsen, in Millionen Jahren geformt, erhoben sich zu beiden Seiten der Straße, die Erde war rötlich, hier gab es kein Leben, nur beklemmende Stille und das Säuseln des Windes. Sie waren unterwegs zu ihrem ersten Ziel, der grünen Oase Jericho.

Seppo war sehr früh aufgewacht, noch vor den anderen. Er hatte die restlichen Kleider in den Koffer gepackt, geduscht und sich rasiert. Inzwischen waren die Frauen wach geworden, fröhlich hatte er ihnen einen guten Morgen gewünscht. Der Brief, den er an Vainikainen geschrieben hatte, steckte noch in seiner Tasche; er beschloß, ihn dem Reiseleiter nicht zu geben, denn dazu bestand eigentlich gar kein Anlaß.

»Soll ich die Koffer schon nach unten bringen, Schatz?« hatte er seine Frau gefragt. »Tu das«, hatte sie erwidert.

Seppo saß allein in seiner Sitzreihe. Der Mann aus Oulu, sein Nebenmann bei der letzten Fahrt, saß diesmal hinter ihm. Er sagte, seine Frau sei in Jerusalem geblieben. Um dem drohenden Redefluß zu entgehen, hielt Seppo den Blick fest auf die Landschaft geheftet, und diesmal hatte sein Verhalten die gewünschte Wirkung. Der Mann war still und störte ihn nicht.

»Der niedrigstgelegene Ort der Welt«, verkündete der Reiseleiter durchs Mikrofon. »Das Tote Meer und seine Umgebung liegen vierhundert Meter unter dem Meeresspiegel, tiefer geht es auf unserem Planeten nicht.«

»Die Luft ist hier so sauerstoffreich wie sonst nirgendwo, sie ist trocken, pollenfrei und sehr sauber«, fuhr er fort. »Deshalb gibt es hier so viele Sanatorien, das Klima ist nämlich günstig für Allergiker, Rheumakranke und Nervenschwache.«

Jericho war voll von klimatisierten Bussen, in der Stadt sah man Hunderte von Touristen und als Beduinen verkleidete Araber, die neben billigem Tand Tonscherben verkauften, Reste der ehedem gefallenen Mauer. Dieser historisch bedeutende Ort war ein Steinhaufen, auf dem die Touristen sich fotografieren ließen. An strohgedeckten Buden wurde Orangensaft verkauft, für den man allerdings eine halbe Stunde anstehen mußte.

Seppo war trotzdem guter Laune.

Kurz vor der Weiterfahrt wurde Ursula auf ein Kamel gehievt, wofür vier kräftige Beduinen nötig waren. Ursula grinste mit gemischten Gefühlen, während ihre Mutter sie knipste. Ein Araber kam auf Seppo zu. »Verkaufst du deine Tochter für dreihundert Kamele?« fragte er. »Meinetwegen auch für ein einziges«, sagte Seppo auf finnisch.

Der Araber faßte das als abschlägige Antwort auf und wandte sich dem nächsten Kunden zu.

Nach Jericho war »Lots Frau« an der Reihe. »Hier ließ der Herr Feuer und Schwefel regnen, zerstörte Sodom und Gomorrha und die ganze Ebene, und hier blickte sich Lots Frau um und erstarrte zur Salzsäule«, hörte man den Reiseleiter erklären.

Die Reisenden bestaunten eine Weile den Felsen, der einmal Lots Frau gewesen war, dann ging die Fahrt weiter.

Abu Azmi, der Mann, dem Seppo in Jerusalem begegnet war und dem er seine Brieftasche gegeben hatte, saß am Steuer des Busses und lächelte. Das Lächeln irritierte Seppo, er fragte sich, warum.

Im Gebirge lagen Militärstützpunkte, Radarantennen ragten gen Westen, man sah Stacheldrahtzäune, Jeeps fuhren vorbei, in denen junge Männer, Juden, in Uniform saßen. Ein Düsenjäger zog eine weiße Furche über den Himmel. Das Tote Meer war still und leblos, am anderen Ufer ragten die kargen Berge Jordaniens auf.

Vainikainen erklärte, daß keine Flüsse ins Tote Meer münden, nichts fließt hinein und nichts fließt ab; wenn das Wasser verdunstet, bleiben nur Salzablagerungen zurück. Seppo betrachtete die auf dem Wasser schwimmenden weißen Salzklumpen, sie sahen aus wie helle, poröse Steine. Das Meer war lang und schmal, das Südufer außer Sicht. Über der Gegend lag eine gespenstische Stille, die Landschaft schien angespannt auf etwas zu warten.

Sie schlugen den Weg zum Badestrand ein. Der letzte Halt vor dem Ziel, Eilat am Roten Meer. Bevor die Reisenden zu den gelb verputzten Toilettenhäuschen eilten, sagte Vainikainen, wer wolle, könne im Meer seine Schwimmkünste erproben. »Tauchen ist besonders empfehlenswert«, witzelte er. Seppo hatte keine Lust, das Wasser sah aus wie eine gallertartige Masse oder wie von einer dicken, undurchdringlichen Fettschicht überzogen. Aber die anderen ließen sich von Vainikainen ins Wasser führen, nach Lachsalven, Gekreisch und mehreren vergeblichen Versuchen trieben die Reisenden schließlich rücklings auf dem Meer. Sie bildeten eine lange Reihe, indem jeder seinen Kopf zwischen die Füße seines Vordermannes legte, und so bewegten sie sich wie eine Karawane vorwärts. Der erste stimmte ein Lied an, und die anderen stimmten ein, ein finnisches Kirchenlied schallte über das Tote Meer. Elisabet winkte Seppo zu, und er fotografierte die Gruppe.

Es war heiß. Die Mittagssonne brannte auf der Haut, auf Seppos Wangen bildeten sich große rote Flecken. Marja Lavén, die ebenfalls am Ufer geblieben war, kam auf ihn zu und fragte lächelnd: »Wie geht es dir jetzt?«

»Ausgezeichnet«, sagte er.

Elisabet und Ursula taumelten Hand in Hand aus dem Wasser und gingen unter die Dusche, um das Salzwasser abzuspülen. Seppo reichte ihnen die Handtücher, Elisabet sagte, in diesem Wasser würde kein Stein versinken.

»Mal sehen«, sagte Seppo, hob einen großen

Stein auf und warf ihn ins Wasser. »Der geht doch ganz hübsch unter«, sagte er mit ruhiger Stimme.

Sie gingen gemeinsam zum Parkplatz und stiegen in den wartenden Bus.

Der Bus hielt vor einem weißen, dreistöckigen Gebäude im Zentrum. Das Hotel hieß »Red Rock«, es war umgeben von anderen, ähnlich aussehenden Herbergen. In Sicht- und vor allem Hörweite lag eine Startbahn, auf der ein kleiner Düsenklipper landete. Der Flughafen lag mitten in der Stadt, das Getöse war ohrenbetäubend.

Die Hitze trieb die erschöpften Reisenden in die klimatisierte Hotelhalle, wo sie an der Rezeption nach ihren Zimmern anstanden. Der Badestrand war einen Block entfernt, vom Hotel hatte man keinen Blick aufs Meer, aber den hatte der Prospekt auch nicht versprochen. Durch Glastüren gelangte man in den Innenhof und zum Swimmingpool, dessen türkisblaues Wasser verlockend wirkte.

Seppo erinnerte Vainikainen an das Zimmer, das seine Frau hatte bestellen lassen, und der Reiseleiter versprach mitzukommen und nachzusehen, ob es bezugsfertig war. Seppo sagte, er wolle zuerst die Koffer nach oben bringen, und nachdem er das getan hatte, machte er sich mit Vainikainen auf die Suche nach seinem Zimmer.

Es lag im Erdgeschoß, wie Elisabet gesagt hatte. Das Fenster war vergittert, zum Schutz vor Einbrechern, die gleichen gußeisernen, geschwungenen Gitter sah man an allen Fenstern im Erdgeschoß. Groß war das Zimmer nicht, es sah aus wie eine längliche Kammer, aber Seppo sagte: »Gar nicht übel, ich habe meine Nächte schon an schlimmeren Orten verbracht und mich immer sehr wohl gefühlt. In jungen Jahren habe ich unter freiem Himmel in einem Unterstand aus Tannenzweigen übernachtet, und am allerbesten habe ich in einem Einmannzelt geschlafen.«

Das Bett war schmal, ihm gegenüber stand ein Metallspind, daneben stapelten sich Getränkekisten und leere Limonadenflaschen. Auf dem Fußboden lag ein abgetretener Teppichboden, erbsensuppengrün, das Badezimmer war winzig, das Waschbecken voll undefinierbarer Schmiere, und heißes Wasser gab es nicht. »Und das Bett?« Seppo probierte es aus, die Matratze gab unter seinem Gewicht so sehr nach, daß sie fast den Boden berührte.

»Soweit ganz gut, aber ich glaube nicht, daß meine Tochter mit hineinpaßt.«

Vainikainen stutzte.

»Ihre Tochter? Ich hatte es so verstanden, daß Elisabet dieses Zimmer nimmt und daß Sie und Ursula oben wohnen.«

Seppo schüttelte den Kopf und legte die Hände hinter den Nacken.

»Nein, mein Lieber«, sagte er lächelnd. »Meine Frau braucht das große Zimmer und vor allem das Doppelbett für ihren Freund.«

Vainikainen hüstelte.

»Für ihren Freund?«

»Genau. Sie bekommt am Montag Besuch. Von dem Tellerwäscher aus dem Luxushotel, den Sie ja, wie ich gehört habe, gut kennen. Könnten Sie also so schnell wie möglich ein zweites Bett beschaffen? Ein Klappbett genügt, wir stellen keine großen Ansprüche.« Seppo hievte sich mühsam aus der tiefen Kuhle im Bett, wandte dem Reiseleiter den Rücken zu und begann, seinen Koffer auszupacken.

Als Vainikainen gegangen war, entlud sich die Spannung, Seppo hatte Mühe, nicht in Tränen auszubrechen. Er schluchzte ein paarmal auf, riß sich dann zusammen, stellte sich ans Fenster und holte tief Luft. Das Zimmer war viel schlimmer, als er erwartet hatte, es war schmutzig und dunkel. Wenn man senkrecht nach oben schaute, konnte man ein Stück blauen Himmel sehen. Fast zum Greifen nahe, nur ein paar Meter vom Fenster, lag der Swimmingpool, und rund herum herrschte lebhafter, geräuschvoller Trubel. Junge Leute sprangen vom Sprungbrett, am anderen Ende des Beckens wurde Wasserball gespielt. Der Getränkeautomat surrte, und aus einem Lautsprecher ertönte Schlagermusik. Ein Düsenklipper zog im Tiefflug über das Hotel, Seppo schloß das Fenster. Bald mußte er jedoch feststellen, daß ihm zu heiß war, und er machte das Fenster wieder auf. Er beschloß, nach oben zu gehen. Die Beine wurden ihm schwer, er vermochte sie kaum zu heben, als er die Treppe hinaufstieg.

Die Atmosphäre im oberen Stock war nicht dazu angetan, seine Stimmung zu heben. Elisabet wirkte verärgert, wütend packte sie den Koffer aus, während Ursula bäuchlings auf dem Bett lag, den Kopf im Kissen vergraben.

»Deine Tochter weigert sich, ins Erdgeschoß umzuziehen«, sagte Elisabet, »aber das macht nichts, ich werde sie dazu zwingen, ich lasse mir doch von ihr nicht den Urlaub verderben!«

Seppo setzte sich auf einen Stuhl und sah seine Frau an.

»All die Jahre habe ich nur für sie gelebt. Ich beklage mich nicht, ich habe mein Bestes getan und es einigermaßen geschafft, aber jetzt ist Schluß. Jetzt beginnt mein Leben!« Sie warf mit einer verschossenen rosa Trainingshose, die wohl Ursula gehörte, nach dem Mädchen. Ursula drehte sich schnell auf den Rücken, lag kerzengerade da, ohne zu atmen, und blickte starr vor sich hin. Seppo spürte instinktiv, daß irgend etwas aufzog, irgendeine Gefahr.

»Sitz nicht so da, tu endlich auch mal was«, bat seine Frau.

»Ursula«, sagte Seppo vorsichtig. »Ursula, mein Mädchen, wir haben ein eigenes Zimmer, gar kein schlechtes. Ein bißchen klein ist es ja, aber wir passen schon hinein. Komm mit, ich zeig es dir, und danach könnten wir zum Beispiel schwimmen gehen.«

Während er sprach, war das Mädchen blaß geworden, sie fing an zu zittern, und aus ihren Mundwinkeln trat Schaum. Seppo streckte die Hand nach ihr aus, aber Elisabet sagte: »Tu das nicht, das kann dich einen Finger kosten!«

»Was hat sie?«

»Die Tobsucht.«

Elisabet hängte ihr rotes Cocktailkleid auf einen

Bügel. »Sie hat Martti einen Finger abgebissen und versucht, Marja umzubringen.«

Seppo lachte gequält.

»An deiner Stelle würde ich nicht darüber lachen. Es ist noch gar nicht lange her, da stand sie vor deiner Tür, ein Messer in der Hand. Ich ging abends nach den Nachrichten ins Bad, und da stand sie im Flur, hatte schon wer weiß wie lange dagestanden. Von drinnen hörte man das ewige Gebrumm von deinem Computer. Es war dein Glück, daß du die Tür abgeschlossen hattest.«

Elisabet saß auf dem Bett, erschöpft rieb sie sich die Schläfen. Dann richtete sie sich auf, zwang sich, ein ruhiges, gefaßtes Gesicht zu zeigen, und sprach auf Ursula ein.

»Ist ja schon gut, Ursula. Komm her, komm nur, komm auf Mamis Schoß. Mami hat ihre kleine Ursula lieb, Ursula braucht nicht wegzugehen. Alles ist gut, komm auf Mamis Schoß, so. Mami macht ei, ei mit ihrer kleinen Ursula...«

Die Spannung schwand, die Tochter setzte sich neben ihre Mutter, ließ sich über die Haare streichen, den Nacken und die Stirn liebkosen. Ihr Gesicht bekam Farbe, und sie sah allmählich wieder normal aus. Dankbar wie ein kleiner Welpe drückte sie sich an die Brust ihrer Mutter und schlang die Arme um sie. Widerstrebend ließ Elisabet sie gewähren, aber Seppo erkannte deutlich, daß sie tiefen, heftigen Abscheu empfand.

»Würdest du mir von Vainikainens Finger erzählen?« bat Seppo, und Elisabet berichtete.

Er machte sich auf die Suche nach Vainikainen. Der Reiseleiter war nicht in seinem Zimmer, auch nicht auf dem Hof am Schwimmbecken. Wie sollte er einschätzen, was er gehört hatte, sollte er es glauben? Andererseits mußte man bei Ursula mit allem rechnen. Mußte man das? Alles hatte seine Grenzen, selbst das, wozu Ursula fähig war. Und doch ...

Elisabet hatte ihm von dem Vorfall erzählt, der schon einige Jahre zurücklag, Seppo hatte damals an einem Wochenendseminar in einem Hotel irgendwo auf dem Lande teilgenommen. Es war Waschtag, Elisabet hielt sich in der Waschküche auf, und Ursula war allein zu Haus. Da kam Martti Vainikainen zu Besuch. Er klingelte, Ursula ließ ihn herein. Er nahm auf dem Sofa Platz, das Mädchen setzte sich neben ihn und fing an, seine Handflächen zu untersuchen. Zuerst zog sie mit dem Finger seine Handlinien nach, erst an der linken, dann an der rechten Hand, dann führte sie plötzlich seinen rechten Zeigefinger an die Lippen, nahm ihn in den Mund und saugte daran. Vainikainen war verlegen und versuchte vorsichtig, ihr den Finger wegzuziehen, aber es ging nicht. Ursula krampfte die Lippen zusammen und biß ihm, so berichtete Vainikainen später, ingrimmig, die Augen sprühend vor animalischer Wut, den Finger ab. Es ging sehr schnell und nahezu schmerzlos vor sich, erst später setzten unerträgliche Schmerzen ein, und die Wunde begann fürchterlich zu bluten. Elisabet erzählte, sie hätte den ganzen Sonntag damit verbracht, die Blutflecken vom Sofa zu scheuern, damit Seppo nichts merkte. Vainikainen war mit dem Rettungswagen ins Krankenhaus gebracht worden, und Elisabet hatte überall nach dem Finger gesucht, der wieder angenäht werden konnte, wenn er nur rechtzeitig gefunden wurde. Sie hatte ihn jedoch nirgends entdecken können und nahm daher an, daß ihre Tochter ihn aufgegessen hatte. Während sie das erzählte, streichelte sie sanft Ursulas Kopf, beugte sich vor und küßte sie auf die Stirn.

Über Marja Lavén berichtete sie folgendes: Marja, Ursula und Elisabet waren auf einer Urlaubsreise im Süden. Elisabet wollte im Urlaub ein bißchen Zeit für sich haben, und Marja versprach, sich um Ursula zu kümmern. Beim Abendessen ging alles gut. Dann machte Marja einen Fehler, sie fing an, Ursula zu erziehen. Abends im Hotelzimmer erteilte sie ihr kleine Aufträge, sie ließ das Mädchen die Kleider zusammenfalten, Haare von den Kleidern zupfen, ein Glas Wasser auf den Nachttisch stellen, und Ursula erledigte alles widerspruchslos. Als Marja sie jedoch anwies, sich sorgfältig zu waschen, ging Ursula ins Bad, riß das Waschbecken aus der Wand, stemmte es über den Kopf und kam auf Marja zu, als wollte sie nach ihr werfen. Marja sank in die Knie und schlug das Kreuz, sie rief: »Hebe dich weg, Satan, hebe dich weg!« Das half jedoch nicht. Erst als es ihr gelang, Elisabet anzurufen, und Ursula die Stimme ihrer Mutter am Telefon hörte, beruhigte sich das Mädchen und setzte das Becken auf den Fußboden.

Seppo saß auf seinem Bett und räusperte sich. Er konnte nicht vergessen, was er gesehen und gehört hatte: Mutter und Tochter Arm in Arm, die Hand der Mutter, die über den Kopf des Mädchens strich, die wie Lianen um die Mutter geschlungenen Arme des Mädchens, den Blick, mit dem die Mutter Seppo ansah, und den Satz, den sie mit zärtlicher, liebevoller Stimme sprach: »Was soll ich tun, ich hasse sie.«

Er holte Papier und einen Stift und schrieb: »Lieber Martti! Ich möchte so bald wie möglich mit Ihnen sprechen! Es ist *wichtig*! Bitte kommen Sie sofort in mein Zimmer, ich erwarte Sie. Seppo.«

Seppo brachte den Brief zur Rezeption und erfuhr dort, daß Vainikainen auf die Sinai-Halbinsel zum St.-Katharinen-Kloster gefahren war. Marja war mitgefahren, sie würden erst in drei Tagen zurückkommen, am Mittwoch. Seppo erinnerte sich, daß davon die Rede gewesen war. Er hatte es vergessen, weil seine Familie sich nicht zu dem Ausflug angemeldet hatte; Elisabet und er hatten schon vor längerer Zeit beschlossen, daß sie in Eilat bleiben würden.

Nach dem Abendessen nahm er ein unterhaltsames Buch und setzte sich damit an den Swimmingpool. Die Frauen machten einen Abendspaziergang oder waren wer weiß wo. Er las, bis es dunkel wurde, dann ging er in sein Zimmer, machte das Licht an. Es war eine einfache Hängelampe, mit einem gelben, von Motten zerfressenen Schirm. Weitere Lampen gab es nicht. Das Zimmer wirkte noch bedrückender als vorher. Er warf einen Blick nach draußen, sah einen Streifen pechschwarzen Himmel und leuchtende Sterne. Die Hände unter dem Nacken verschränkt, lag er auf dem Bett und dachte über den kommenden Tag nach. Wie würde er mit Ursula zurechtkommen? Würde er überhaupt mit dem Leben davonkommen? Worum geht es eigentlich, grübelte er, und wie wird das alles enden?

In der Nacht erwachte er und merkte, daß er wahnsinnige Angst hatte. Er sah zum Fenster hinaus. Die balsamierten Palmen und das Becken waren hell erleuchtet wie zu einem Fest, aber auf dem Hof war niemand. Er legte sich wieder hin, und nachdem er sich eine Weile auf seinem durchhängenden Lager herumgewälzt hatte, schlief er ein.

Frühstück gab es ab sieben Uhr, auf die Minute pünktlich betrat er den Speisesaal. Schwarzer Kaffee, Weißbrot, ein Stückchen fade schmeckender Käse und ein bißchen Marmelade, dasselbe wie jeden Morgen, es war ihm schon seit einiger Zeit zuwider. Aber es war still im Speisesaal, und das genoß er. Er beschloß, zum Schwimmen an den Korallenstrand zu fahren. Der Bus fuhr vor dem Hotel ab, er war der einzige Fahrgast, erst ein paar Haltestellen später stieg jemand zu. Am Eingang zum Strandbad mietete er eine Taucherausrüstung und suchte sich dann einen Platz am Wasser. Das Wasser war angenehm warm, er tauchte unter. Als er wieder an die Oberfläche kam, sah er vor sich eine große, blaßrote Qualle. Er wußte, daß die Quallen in diesen Gewässern harmlos sind, und so nahm er die Meduse in die Hand und warf sie fort. Er holte den Schnorchel und die Schwimmflossen und schwamm unter Wasser an einem langen schmalen Riff entlang, sah bunte, fast zahm erscheinende Fische, betrachtete die bizarren Gebilde am Riff und wußte, daß alles lebende Masse war. Es war eigenartig und sogar schön, aber er brachte es nicht fertig, sich von dem, was er sah, in

Begeisterung versetzen zu lassen. Er saß am Strand, ließ sich etwa zehn Minuten lang von der Sonne bräunen, dann hatte er genug davon und kehrte ins Hotel zurück.

Die Hitze hatte ihn so ermüdet, daß er beschloß, ein Nickerchen zu machen. Er träumte, er wäre zu Hause in der Majavastraße. Die Wohnung war groß und verwinkelt, die leeren Räume lagen im Halbdunkel. Er glaubte allein zu sein, doch dann stand ein kleines zierliches Kind mit einem großen mißgestalteten Kopf vor ihm. Es war Ursula. Sie sah Seppo aus ihren großen, flehenden Augen an und glich einem geprügelten Hund. Sie öffnete den Mund, der sich verzerrte, und sagte: »Hilf mir, Vater, hilf mir!«

Er erwachte, hatte das Gefühl zu ersticken, machte das Fenster auf, sog die Luft ein, aber im Hof war es genauso drückend heiß wie im Zimmer. Er ging zum Becken und schwamm, doch das brachte ihm keine nennenswerte Erfrischung. Er fühlte sich schwer und bedrückt, sein Körper war schlaff und kraftlos. Er entschloß sich, hinaufzugehen und nachzusehen, wie es dort stand.

Die Tür war nur angelehnt, er öffnete sie. Im Zimmer war es noch heißer als unten, das Fenster stand auf, daher funktionierte die Klimaanlage nicht. Er hätte es gern geschlossen, aber die gereizte Stimmung im Zimmer lähmte ihn. Elisabet lag im Bademantel auf dem Bett, Ursula saß am Frisiertisch und bürstete sich die Haare. Sie hatte das rote Kleid ihrer Mutter angezogen. Es war ihr zu klein, der Reißverschluß am Rücken stand offen.

Unter dem Kleid trug sie einen gestreiften Badeanzug.

»Wart ihr den ganzen Tag hier drinnen?« fragte Seppo, aber Elisabet gab ihm keine Antwort, sie hatte keinen Blick für ihn, ließ die Augen nicht von Ursula. Die hörte mit dem Bürsten auf und beugte sich vor, um etwas vom Fußboden aufzuheben, da riß das Kleid. Ursula erstarrte. Seppo versuchte, etwas zu sagen, aber die Stimme versagte ihm. Elisabet erhob sich vom Bett, und bevor Seppo Gelegenheit hatte, etwas zu tun, schlug sie Ursula auf den Kopf. Es war ein harter Schlag, das Mädchen stöhnte auf. Elisabet packte Ursula am Hals und schrie, sie fielen zu Boden, Elisabet lag auf Ursula und würgte sie mit aller Kraft, Ursula hustete und röchelte, Seppo stürzte sich auf Elisabet und versuchte, sie von dem Mädchen wegzureißen, doch das gelang ihm nicht, er legte die Finger auf Elisabets Augen und preßte mit aller Kraft. Elisabet heulte vor Schmerz auf und rollte von dem Mädchen herunter, laut klagend lagen sie nebeneinander auf dem Fußboden. Elisabet kroch aufs Bett, Ursula schnappte gierig nach Luft, die Hände an den geröteten Hals gelegt. Dann drehte sie sich um, stützte sich mit den Armen ab und hob sich auf die Knie, lange Speichelfäden hingen ihr aus dem Mund. Als ihr Atem wieder gleichmäßig ging, zog sie das Kleid aus, kroch zur Tür, stand auf, schwankte, stand einen Moment ruhig und unbeweglich da, hob den Kopf und ging wortlos hinaus.

Seppo schloß das Fenster und blieb davor stehen. Nach einer Weile sah er Ursula in den Hof kommen, zum Schwimmbecken gehen und ins Wasser springen. Er war verblüfft, er hatte nicht gewußt, daß seine Tochter schwimmen konnte.

»Komm her, Seppo«, bat Elisabet. »Komm zu mir.«

»Ursula kann schwimmen«, sagte Seppo. »Ich glaube, ich gehe mal nach unten und schaue, wie sie zurechtkommt.«

»Geh nicht, laß mich nicht allein! Ich fürchte mich vor dem Alleinsein. Ich habe Angst!« Sie streckte die Hand aus, Seppo ergriff sie, und Elisabet zog ihn aufs Bett. Ihre Haut war warm und feucht, unter dem Bademantel hatte sie nichts an. Sie streichelte Seppo, drängte sich an ihn, Seppo spürte, wie seine Erregung stieg, ihm war schwindlig, er sah Elisabets Lippen, fühlte ihren heftigen Atem, und als er die Augen schloß, preßte Elisabet ihre Lippen auf seine. »Du darfst jetzt nicht gehen«, wisperte sie, »wir sind endlich allein. Wenn du wüßtest, wie ich diesen Augenblick herbeigesehnt habe, wir zwei ... Seppo ...«

Sie hob Seppos Hand und drückte sie auf ihre Brust. Der Nippel war hart, sie hatte eine Gänsehaut. »Wir können jetzt nicht ...«, stammelte Seppo. Elisabet schlang ihre langen Beine um ihn, knöpfte sein Hemd auf und leckte über die bloße Haut. »Du bist ja ganz verbrannt, Schatz«, sagte sie, »du warst zu lange in der Sonne, Liebling. Zieh dich aus, dann creme ich dich ein!«

Elisabet stand auf und holte die Creme. Seppo zog sich aus. Reglos lag er auf dem Bett. »Sträube dich nicht dagegen«, sagte seine Frau zärtlich, »vertraue mir!«

Seppo schloß die Augen und ließ es zu, daß sie die kühlende Creme auf seiner Haut verteilte. Sie rieb ihm die Brust ein, die Arme, den Bauch, die Schenkel, sie streichelte sein Glied, küßte es, es schwoll an, und Seppo stand in Flammen.

Er fuhr auf, weil Elisabet weinte. Doch er hatte sich geirrt, sie lachte. Das Blut war ihr in den Kopf gestiegen, ihr Gesicht war tiefrot, sie bemühte sich, ihr Lachen zu unterdrücken. Seppo war völlig verwirrt. Seine Frau warf sich mit ausgebreiteten Armen aufs Bett und kreischte vor Lachen. Als sie sich ein wenig beruhigt hatte, rollte sie sich auf den Bauch und sah Seppo gespielt schalkhaft an.

»Liebling!« sagte sie. »Du darfst nicht beleidigt sein, du hast so lustig ausgesehen. Hingebungsvoll und demütig wie ein kleines Kind.«

Seppo zog die Decke über sich, er schämte sich seiner Blöße. »Verzeih mir, Schatz, es war nicht böse gemeint, ich kann doch nichts dafür, daß ich lachen mußte.« Sie küßte Seppo auf den Hals, streichelte seine Schenkel. »Schlaf mit mir«, sagte sie, »das hast du doch die ganze Zeit gewollt.«

Sie berührte sein Glied, es reagierte nicht wie erhofft. Wieder küßte sie es, liebkoste es mit der Zunge, und es wurde steif. Sie legte sich auf den Rücken. »Komm, komm«, bat sie. Seppo legte sich auf sie, aber irgend etwas an ihrem Gesichtsausdruck ließ sein Glied wieder erschlaffen.

Sie lagen nebeneinander, in der Stille hörte man

den Wasserhahn tropfen. Elisabet stand auf, ging zum Frisiertisch und bürstete sich die Haare.

»Wieviel Uhr ist es?« fragte sie. »So spät schon? Ben kommt in ein paar Stunden.« Sie ging unter die Dusche und zog sich an. »Ach Schätzchen«, sagte sie, »lieg doch nicht so traurig da, hilf mir mal mit dem Reißverschluß!«

Seppo tat es, Elisabet drehte sich zu ihm um, sah ihn mitleidig an und tätschelte ihm den Kopf.

»Ich wollte dir nur zeigen, wie schwach du bist und wie leicht du dich lenken läßt.«

Sie schminkte sich, sprach dabei mit sanfter Stimme. »All die Jahre, solange wir verheiratet sind, habe ich darauf gewartet, daß du dich als Mann erweist, daß du wenigstens einen Schimmer von Kraft und Verantwortungsgefühl zeigst, aber ich habe vergeblich gewartet. Du bist ein Schlappschwanz und ein Feigling, und das Schlimmste ist, du selbst ahnst es nicht einmal. Was unser Liebesleben angeht, bist du mir immer mehr oder weniger zuwider gewesen. Du kannst keine Frau befriedigen, du weißt nicht einmal, was Sex ist. Dein Körper ist klein und schmächtig, dein Gesicht häßlich und nichtssagend, manchmal habe ich mich beinahe vor dir geekelt. Wenn du mich berührst, ist es nur ein kraftloses Gefummel, ich muß gestehen, daß ich dabei oft eine Gänsehaut bekommen habe. Du armes Würstchen hast Angst vor mir, du hast vor allen Frauen Angst, und das kommt daher, daß du als Mann so schwach und unsicher bist.«

Elisabet hielt einen leuchtend roten Lippenstift in der Hand.

»Und was du da zwischen den Beinen hast, ich weiß nicht, wie ich es nennen soll, das ist einfach erbärmlich, ich verstehe es wirklich nicht, wie kommt ein ausgewachsener Mann zu so einem ... so einem ...«

Sie zog sich die Lippen nach und sah Seppo an, lächelte ihr strahlendstes Lächeln. »Wie gefällt dir die Farbe? Ich habe ihn in Jerusalem gekauft. Hier kann man viel kräftigere Farben tragen als in Finnland. Andererseits bist du nicht der einzige. Im Vergleich zu den Südländern sind die finnischen Männer ziemlich hilflos. Wenn ich da an Ben denke ... bei ihm sind gewisse grundlegende Dinge von Anfang an so selbstverständlich gewesen.«

Sie legte den Lippenstift auf den Tisch.

»Du hast viel zu lernen, Seppo«, sagte sie und lächelte.

Er saß über einem Kreuzworträtsel. Asiatische Münzeinheit, was konnte das sein? Rupie und Ringgitt, andere fielen ihm nicht ein. Beide paßten nicht, er rückte weiter, zum linken unteren Rand des Rätsels. Messer war jedenfalls Kris, daran konnte er sich von einem früheren Kreuzworträtsel her noch erinnern. Zum nächsten Wort gab es eine Zeichnung, die Tülle eines Wasserkessels, er probierte »Wasser«. Es paßte, aber vielleicht würde er es später auswechseln müssen. Manama, Schrund, Grummet, las er, Sial und Rias, Wörter, die er nicht verstand, obwohl sie ihm bekannt vorkamen. Er erinnnerte sich an einen Kollegen aus dem Amt, der ein mittelschweres Kreuzworträtsel in fünf Minuten lösen konnte, ohne einen Stift zu verwenden. Der Mann war nicht verheiratet, vielleicht lag es daran? Er hatte nichts anderes zu tun als Kreuzworträtsel zu lösen. Im Amt gab es so viele bedauernswerte Schicksale, unglückliche und einsame Menschen, dachte Seppo.

Taka! Das Wort fiel ihm plötzlich ein, und er schrieb es in das Gitter.

Elisabet hatte seinem Selbstgefühl einen Schlag versetzt, aber verzweifelt war er nicht. Sein Glied war klein, trotzdem hatte er ein befriedigendes Geschlechtsleben geführt und, soweit er es beurteilen konnte, auch seinen Partnerinnen Genuß verschafft. Oder hatten sie ihm alle etwas vorgemacht? Er ließ die Frauen Revue passieren, die er gekannt und mit denen er geschlafen hatte, und konnte sich nicht erinnern, daß auch nur eine von ihnen sich über die geringe Länge seines Glieds enttäuscht gezeigt hätte. Allerdings waren es, abgesehen von der Geschichte mit Soile Anttonen, kurze Affären gewesen, und Soile hatte ihm in der letzten Phase ihrer Beziehung tatsächlich etwas vorgespielt, aber aus anderen Gründen. Und Elisabet? Vor zwei Jahren war sie so geil gewesen, daß Seppo, der keine Leidenschaft verspürt hatte, sie aus seinem Zimmer scheuchen mußte. Er hätte sich gern mit Elisabet über das Thema unterhalten, aber er hatte sie nicht mehr gesehen, nachdem er mittags ihr Zimmer verlassen hatte. Ob der Marokkaner gekommen war, wußte er auch nicht.

Ursula schlief in einem Liegestuhl auf dem Hof. Sie hatte den ganzen Tag geschwommen. Seppo hatte sie beobachtet, das Mädchen hatte den Leuten zugesehen, die vom Sprungbrett sprangen, und war auch selbst hinaufgeklettert. Beim ersten Mal war sie gleich wieder hinuntergestiegen, beim zweiten Mal hatte sie sich bis zur Mitte des Bretts gewagt, und schließlich hatte sie am Rand gestanden und hinuntergespäht, war aber nicht gesprungen. Sie schwamm gut, wie ein Fisch. Ihr Körper wirkte im Wasser lang, schlank und sehr geschmeidig.

Mit Seppo hatte sie nicht gesprochen. Er hatte das Mädchen geholt, als es Zeit zum Abendessen war. Sie hatten zu zweit am Tisch gesessen und schweigend gegessen. Seppo hatte gefragt, ob sie Schmerzen hätte, denn an ihrem Hals waren große blaue Flecken zu sehen, aber sie hatte ihm nicht geantwortet.

Am Abend hatte er gefragt, wo sie schlafen wollte, bei ihrer Mutter, falls der das recht wäre, oder in seinem Zimmer im Erdgeschoß? Seppo hatte sich darauf eingestellt, unter freiem Himmel zu übernachten, aber da hatte Ursula endlich den Mund aufgemacht und erklärt, sie würde da schlafen, wo sie war, im Liegestuhl auf dem Hof. Sie hatte in einem Heft mit Comics geblättert, das sie irgendwo gefunden hatte. Seppo hatte ihre Tasche geholt und ihr die Taschenlampe gegeben. »Nimm die, dann kannst du ein bißchen länger lesen!« hatte er gesagt. Ursula hatte den Kopf gehoben, und über ihre Lippen war der Schimmer eines dankbaren Lächelns geglitten.

»Mein Zimmer liegt über dem Getränkeautomaten. Weck mich, wenn du etwas brauchst!« hatte er gesagt, und beim Weggehen hatte er eine leise Bewegung in seinem Herzen gespürt, den Anflug eines zärtlichen Gefühls für seine Tochter. In seinem Zimmer hatte er sich dann in sein Kreuzworträtsel vertieft und an seine Frau gedacht. Er stand auf und sah aus dem Fenster. Vor einer Stunde hatte er es noch rascheln gehört, wenn seine Tochter die Seiten umblätterte, aber jetzt war alles still, sie schlief. Seppo nahm seine Decke und brachte sie nach draußen, deckte das Mädchen zu, legte ihr sacht die Hand auf die Schulter, streichelte sie und ging hastig davon.

Am nächsten Tag schwamm Ursula nicht mehr so oft, sie saß meist im Schatten und wirkte niedergeschlagen. Nach dem Frühstück ging Seppo spazieren und kaufte am Kiosk Comics, die er Ursula brachte. Er ging in sein Zimmer, um sich die Badehose anzuziehen, warf einen Blick nach draußen, sah Elisabet auf dem Hof. Sie war allein, blaß, auch sie schien niedergeschlagen, sie trug eine Sonnenbrille und einen breitkrempigen Hut. Sie holte eine Schachtel Zigaretten hervor und rauchte, Seppo hatte sie nie zuvor rauchen gesehen. Er überlegte, ob er zu ihr gehen, sie ansprechen sollte, hatte aber keine Lust dazu. Er sprang ins Becken und verließ danach den Hof, ohne ein Wort mit seiner Frau zu wechseln.

Nach dem Mittagessen stand Elisabet an der Rezeption. Seppo verbarg sich hinter einer Säule und hörte seine Frau fragen, ob ein Anruf für sie gekommen sei. »Immer noch nicht«, erwiderte der Angestellte. Sie fragte noch etwas, was Seppo nicht verstand, er sah nur, wie der Mann bedauernd den Kopf schüttelte. Seppo trat vor seine Frau hin und sah sie forschend an, sie tastete in ihrer Handtasche nach der Sonnenbrille und setzte sie fahrig auf. Sie gingen aneinander vorbei wie Fremde.

Am Nachmittag saß sie am Swimmingpool, starrte traurig auf die Tür und musterte die Vorbeigehenden. Nach einer Stunde fing sie an zu trinken und eine Zigarette nach der anderen zu rauchen. Abends saß sie an der Bar und fand Anschluß, ein öliger Gigolo drängte sich neben sie. Seppo saß nicht weit von ihr entfernt und schrieb ihr einen Brief.

Liebe Elisabet!

Das Leben steckt voller Überraschungen. Hochmut kommt vor dem Fall, und das sage ich nicht schadenfroh, sondern voller Sympathie. Oder sollte ich sagen: voller Mitleid? Wenn ich Dich anschaue, kann ich mich des Eindrucks nicht erwehren, daß Du ziemlich enttäuscht aussiehst. Der Schmachtlappen, der sich an Dich geheftet hat, wird Dich kaum trösten können, und wenn der Marokkaner so überragend ist, wie Du ihn geschildert hast, wird wohl auch kein anderer dazu imstande sein.

Es tut mir aufrichtig leid, auch wenn es Dir schwerfallen sollte, das zu glauben. Ich wünsche mir nämlich, daß die Menschen glücklich sind, obwohl ich andererseits nur zu gut die Gefahr des Selbstbetrugs kenne, die Tatsache, daß das Glück, in Deinem Fall die Verliebtheit in diesen Mann, fast immer eine Illusion ist, die Halluzination eines leeren, darbenden Geistes. Ich vertrete noch die gleiche Auffassung wie vor einem Jahr: Das Leben ist tragisch und wird erst erträglich und einigermaßen lebenswert, wenn man Gefühlsduseleien und andere Aufwallungen beiseite schiebt. Du willst das immer noch nicht glauben, und ich mache Dir das nicht zum Vorwurf. Nur wenige glauben es, deshalb sind die Menschen meist unglücklich. Sieh mich an, ich wohne in dem Verschlag, den Vainikainen auf Deine Bitte für mich besorgt hat, in einer Umgebung, die für einen Urlaub alles andere als angenehm ist, aber ich jammere nicht. Warum sollte ich mich beklagen, so ist das Leben nun einmal, dies ist seine *wahre* Natur.

Du kannst auf mich zählen, wie immer. Ich helfe Dir, wenn Du Hilfe brauchst. Ich stehe Dir zur Verfügung wie bisher, Du weißt, wo Du mich findest. Seppo.

Er schlief schlecht. Immer wieder wachte er auf, hatte unerquickliche Träume, an die er sich nicht erinnerte, die aber ein ungutes Gefühl in ihm hinterließen. An seinen letzten Traum erinnerte er sich bruchstückhaft. Er lag bäuchlings auf der Erde und konnte nicht aufstehen, obwohl er es versuchte, er wollte sich vor den Blicken der anderen verbergen, doch das gelang ihm nicht, und er weinte bitterlich. Das Gefühl der Demütigung und sein machtloser Zorn weckten ihn. Er saß auf dem Bettrand und hörte es draußen plätschern, er vermutete, daß Ursula wieder schwamm. Er überlegte sich, daß das Leben ein Alptraum war, beschloß aber, sich zusammenzureißen, seine Verzweiflung zu unterdrücken, gutgelaunt und optimistisch zu sein. Wie bisher, ja, wie bisher.

Es klopfte, der Mann von der Rezeption bat ihn, nach seiner Frau zu sehen. Seppo zog sich rasch an und ging nach draußen. Ursula stand auf dem Sprungbrett, sie rief: »Vater, sieh mal!«, aber Seppo hatte keine Zeit, ihr zuzusehen, er machte sich Sorgen um Elisabet.

Elisabet öffnete ihm, sie sah erschöpft aus. Sie hüllte sich in ihren Bademantel, in ihren Augen lagen Reue und Traurigkeit. Sie bat Seppo, Platz zu nehmen, er setzte sich auf einen Stuhl, weit weg vom Bett. Elisabet saß auf dem Bettrand.

»Danke für deinen Brief, er war wirklich ermutigend«, sagte sie. »Ich hätte es nicht gewagt, dich herzubitten, wenn du nicht geschrieben hättest, ich dachte nämlich, du wärst furchtbar wütend.«

Ihre Schultern bebten, sie brach in Tränen aus.

»Seppo, was tue ich nur? Du bist viel zu gut für mich«, sagte sie.

Seppo nahm ein Papiertaschentuch vom Tisch und reichte es ihr. Sie wischte sich über die Augen und sah ihn an.

»Ich war grausam und gefühllos zu dir. Wie bin ich mit Ursula umgegangen…? Wie ein Ungeheuer … Es ist wie ein Traum, ich verstehe selbst nicht, was in mir vorgeht. Werde ich allmählich verrückt?«

»Red keinen Unsinn«, sagte Seppo aufmunternd. »Du bist gesund und stark, eine ganz normale Frau.«

»Meine Mutter war verrückt, wußtest du das? Man durfte nicht darüber sprechen, nicht weil es eine Schande gewesen wäre, sondern weil es eine so schlimme Enttäuschung war. Weißt du, meine Mutter war ein Engel, man sagte von ihr, sie sei zu gut für diese Welt. Sie sorgte für Arme und Kranke, besuchte die Sterbenden im Krankenhaus, und alle in der Gemeinde kamen mit ihren Sorgen nur zu ihr. Sie hat Vater immer ermutigt und unterstützt. Als sie starb, ging in ihm eine seltsame Veränderung vor. Er wurde fröhlich und vital, während er vorher irgendwie abwesend gewirkt hatte, in seiner eigenen Welt vergraben. Ich weiß nicht, ob er aufrichtig um meine Mutter trauerte, ob er sie je geliebt hat. Ich war acht, als Mutter starb. Marja Lavén und ihr Mann haben mich den Sommer über zu sich geholt, Marja ist ja die Kusine meiner Mutter. Sie wohnten im Pfarrhaus, wo ich oft mit meinen Eltern gewesen war. In der Nacht löste ich mich vom Bett, ich bin an die Decke geschwebt, habe geklopft und immer wieder gesagt, geh auf, Decke, geh auf. Als sie nicht aufging, kam ich wieder herunter und schlief weiter. Am Morgen erklärte ich Marja, die alles mit angesehen hatte, ich hätte in der Nacht versucht, zu meiner Mutter zu kommen. Ich hatte Sehnsucht nach ihr, und wenn ich mich jetzt an jene Zeit erinnere, scheint sie mir so traurig ...«

Sie weinte, die Haare fielen ihr ins Gesicht, Tränen liefen ihr über die Hände. Seppo streckte die Hand nach ihr aus, wagte aber nicht, sie zu berühren.

»Als du mich kennengelernt hast, war ich da irgendwie seltsam, irgendwie anders? Hast du gedacht, daß ich ... daß Vater ...?«

»Aber nein! Ich war doch ganz hingerissen von euch, ihr wart so lustig, so lebensfroh!«

»Mutter ist krank geworden, weil niemand jemals die *Wahrheit* gesagt hat. Alle hatten eine Sterbensangst vor irgend etwas, ich weiß nicht, wovor. Und jetzt steckt es in mir, dieses Furchterregende, und ich weiß nicht, wie ich dagegen ankämpfen soll. Keiner hilft mir. Ben hatte es versprochen, aber er ... er ...«

Seppo setzte sich neben sie. Er war von lähmender Furcht erfaßt, dennoch schlang er die Arme um sie. Sie legte sich aufs Bett. »Komm, leg dich neben mich«, bat sie.

Sie sah hilflos aus, als sie ihren Kopf auf Seppos Schulter legte. Sie schloß die Augen. Seppo strich ihr übers Haar, seine Furcht wich, und an ihre Stelle trat Mattigkeit, eine unwirkliche Gelassenheit. Was geschehen war, schien plötzlich weit entfernt, unerreichbar, als wäre er nach einem langen Weg durch eine gefährliche Schlucht endlich an einem sicheren Ort angelangt. Elisabets Körper war so weich und warm, ihre Hand lag angenehm auf seinem Bauch. Sie lagen still da, Seppo nahm an, seine Frau sei eingeschlafen. Auch er schloß die Augen, nickte ein. Ein Geräusch von draußen ließ Elisabet auffahren, sie öffneten beide gleichzeitig die Augen und sahen einander verwirrt an.

»Elisabet!« flüsterte Seppo und war voller Verlangen. Sie küßten sich leidenschaftlich, zogen sich aus und schliefen miteinander. Er hatte nie zuvor etwas Ähnliches erlebt, atemlos lag er nachher da, Körper und Geist leer im Nachklang einer Erfüllung, die so vollkommen war, daß man nichts hinzufügen und nichts wegnehmen konnte.

Elisabet beugte sich über ihn, küßte ihn zärtlich und ging unter die Dusche. Nackt und tropfnaß kam sie zurück und trocknete sich vor Seppos Augen ab, es war nicht zu übersehen, daß seine Frau in der Nacht einen Liebhaber gehabt hatte, die blauen Flecken und Bisse am ganzen Körper zeugten von einer wilden Liebesnacht. Er bat sie, die Haare herunterzulassen, denn ihr Hals sah besonders mitgenommen aus. Elisabet warf den

Kopf zurück, die Haare fielen ihr über die Schultern, sie neckte Seppo, indem sie ihr gewinnendstes Lächeln aufblitzen ließ, warf das Handtuch beiseite und sprang ins Bett. Seppo fing sie auf, er war wie im Fieber, sie küßten, bissen, saugten, leckten einander und verschmolzen in einem langen Liebesakt, der ihm wieder größte Befriedigung verschaffte.

Elisabet hob ihre zitternde Hand. »Sieh doch nur, was du mit mir machst!« sagte sie. Seppo lachte auf, er fühlte sich leicht berauscht, heiter und erschöpft, erfüllt von unsagbarer Zärtlichkeit für die Frau, die neben ihm lag.

Elisabet schlug vor, an den Strand zu gehen. Seppo hätte ihr gern die Korallen gezeigt, aber seine Frau fand den Weg zu weit, und so entschieden sie sich für den Strand in der Nähe des Hotels.

Sie mieteten Strandmatten und einen Sonnenschirm, suchten sich einen Platz in der ersten Reihe, ganz dicht am Wasser. Das Meer glitzerte, lange, flache Wellen rollten im Sand aus, es hörte sich an wie ein gleichmäßiges, leises Schnarchen. Seppo schlummerte eine Weile, setzte sich dann auf, nahm sein Fernglas und suchte den Horizont ab. Zwei Kriegsschiffe glitten inmitten des Geglitzers nach Osten. Ägypten, Jordanien, der Iran und der Irak, auch Libyen nicht weit – es war, als sonnte man sich auf einem Pulverfaß.

Elisabet ging schwimmen, er folgte ihr. Er trug seine Frau durch die Wellen, spielte Lebensretter und zog ihren scheinbar leblosen Körper hinter sich her. Sie tauchten, Elisabet klagte über das Salz, das ihr in den Augen brannte. Sie lagen auf ihren Matten, und als Seppo seine Frau ansah, spürte er wieder heftige, schneidende Lust. Er hätte mit ihr schlafen mögen, mußte sich aber damit zufriedengeben, ihre Schenkel zu streicheln. Als seine Erregung zu deutlich wurde, zog er ein Handtuch über sich, und Elisabet mußte lachen.

»Schon wieder? Bist ja unersättlich«, meinte sie.

Elisabet sagte, sie ginge unter die Dusche. Seppo entdeckte im Sand einen Krebs, er hatte seine Höhle nicht weit von der Stelle, an der sie lagen. Als Seppo das Bein ausstreckte, verschwand der Krebs in seinem Loch.

Elisabet kam zurück und legte sich bäuchlings auf die Matte.

»Hast du die Korallen schon gesehen?« fragte Seppo. Seine Frau brummelte, sie interessierte sich nicht für Korallen. Trotzdem redete er weiter.

»Korallen sind Tiere – es ist unbegreiflich! Sie bestehen aus einer Vielzahl einzelner Tiere, die durch ihre Mägen miteinander verbunden sind. Wenn eines von ihnen einen im Wasser schwimmenden Organismus fängt, profitiert die ganze Korallengemeinschaft davon. Die Nahrung fließt durch die höhlenartigen Mägen von einem Einzelwesen zum anderen. Ebenso seltsam ist die Art, wie sie sich vermehren. Das Muttertier bringt aus seiner Flanke ein neues Korallentier hervor, das am Bauch mit der Mutter verbunden ist, und dieses Tier produziert seinerseits das nächste, bis es so viele sind, daß sie ein Riff bilden. Im ganzen Tierreich gibt es keine zweite, ebenso unverbrüchliche Familiengemeinschaft, keine vergleichbare symbiotische Festung ohne durch Abhängigkeit hervorgerufene Scham. Schön sind sie auch noch, ganz unvergleichlich in ihrer Farbenpracht. Aber sie sind nicht ungefährlich. Wenn man sie berührt, bekommt man einen brennenden Ausschlag oder zieht sich einen Stachel in den Finger. So schützen sie sich gegen Gefahren von außen. Genial!«

Seppo hatte mit geschlossenen Augen geredet, hatte erzählt, was er vor der Abreise im Lexikon gelesen hatte. Er nahm an, das würde seine Frau interessieren, hatte sie doch gesagt, sie wolle wegen der Korallen nach Israel reisen, wegen der unterseeischen Welt, weil es im Roten Meer die schönsten Korallen der Welt gäbe.

Er schlug die Augen auf und stellte fest, daß Elisabet verschwunden war. Als er sich umblickte, sah er sie mit wiegenden Schritten davongehen. Er fühlte sich matt. Hatte er zu lange in der Sonne gelegen?

Am Strand gab es eine Bar, eine runde, strohgedeckte Hütte, Seppo suchte seine Sachen zusammen und ging hin. Er näherte sich der Tür auf wackligen Beinen, blieb auf der Schwelle stehen. Mitten in der Bar war ein runder Tresen, davor standen massive Stühle. Elisabet lehnte am Tresen und redete mit einem Mann, es war derselbe, den Seppo am Vorabend in der Hotelbar gesehen hatte. Sie waren die einzigen Gäste. Der Mann trug knielange, geblümte Shorts, seine Brust war bloß, um den Hals hing ein goldenes Kettchen mit einem Herz. Hinter dem Tresen stand ein zweiter Mann in Shorts, er putzte die Kaffeemaschine und rief Seppo etwas zu, forderte ihn wohl auf zu gehen, denn die Bar war geschlossen. Elisabet bat Seppo jedoch herein, sie rauchte und trank irgend etwas aus einem hohen Glas. »Komm her«, sagte sie, »vielleicht lädt Amar dich auch zu einem Drink ein.« Ihre Lippen waren rot, sie lächelte matt. Seppo stellte sich neben Elisabet und sah den Mann an.

»My husband«, sagte sie. Seppo reichte dem Gigolo seine schweißige Hand. Elisabet sagte, Amar habe versprochen, sie ein wenig herumzufahren, draußen stehe ein offener Jeep.

»Was kostet das?« fragte Seppo, und Elisabet übersetzte die Frage, worauf der Mann mit Nachdruck erwiderte: »For you nothing. Elisabet my friend. Nothing.«

Seppo lachte gequält. Ein Freund?, dachte er. So einer will mit meiner Frau befreundet sein?

Widerstrebend, wie von einer unkontrollierbaren Kraft getrieben, stieg er in den Wagen. Elisabet nahm neben Amar Platz, Amar setzte eine spiegelnde Sonnenbrille auf und lächelte. Seppo sah seine scharfen, spitzen Zähne.

»Auf geht's!« sagte Elisabet und warf ihre Zigarette weg. Der Mann ließ den Motor an, und der Wagen bog mit quietschenden Reifen auf den Fahrweg.

Sie fuhren aus der Stadt hinaus, ließen den Hafen und die an den Felswänden klebenden halbfertigen Hotels, die von Touristen bevölkerten Badestrände, die kleinen Strandrestaurants und Cafés hinter sich, fuhren weiter, während die Landschaft immer unwirtlicher wurde. Schließlich sah man nur noch das Meer und karges, rötliches Land. Sie fuhren schnell, der Mann machte ein angespanntes Gesicht.

»Wohin fahren wir?« fragte Seppo, erhielt aber keine Antwort. Er lehnte sich zurück, beschloß, sich zu entspannen, fand die Landschaft trotz allem beeindruckend und sagte sich, daß es immer noch besser war, im offenen Jeep zu sitzen, als in der Gluthitze am Strand zu braten.

Sie kamen an eine Kreuzung, bogen in einen Schotterweg ein, der in die Wüste führte. Das Meer blieb zurück, die Felsen, die vor ihnen lagen, wurden immer rauher und höher. Bald darauf erreichten sie einen Canyon, einen engen Paß.

Nur um etwas zu fragen, erkundigte sich Seppo nach der Zusammensetzung der Felsen. Enthielten sie Kalk, da sie stellenweise so hell waren? Oder Salz? Elisabet zuckte mit den Schultern, Seppo dachte an Lots Weib und hielt es durchaus für möglich, daß der Boden stark salzhaltig war.

Der Weg stieg an, links eine steil abfallende Schlucht, tief unten mächtige Felsbrocken, wie von einem Erdbeben hingeschleudert.

»Wie auf dem Mond!« rief Seppo. Elisabet reagierte nicht.

»Genau wie auf dem Mond!« kreischte er.

Vom Plateau eröffnete sich ein überwältigender Ausblick über das Wüstenland, das Rote Meer war nur noch als schmales, glitzerndes Band zu sehen. Das Land war öde und leblos, steinig und trocken, das Bergmassiv, wellig und gefältelt, reichte in die Unendlichkeit. Hier war das Volk Israel vierzig Jahre gewandert, hier waren Jesus und nach ihm zahlreiche andere heilige Männer Anfechtungen ausgesetzt, ganz allein, Skorpione und Schlangen als einzige Gesellschaft. Unglaublich!

Der Weg wurde immer schmaler und schlechter, seit langem war ihnen niemand mehr begegnet. Der Himmel war klar und wolkenlos. Seppo sah auf die Uhr und wunderte sich, wie weit sie eigentlich noch fahren wollten, es war Mittagszeit, und er jedenfalls hatte Hunger, sein Frühstück war an diesem Morgen ausgefallen.

Endlich bremste der Mann. An einer Stelle, wo der Weg breiter wurde, wendete er und hielt an. Er stieg aus, Elisabet folgte ihm, gemeinsam traten sie an den Abgrund. Die Stille dröhnte in den Ohren, Seppo hörte seinen eigenen Herzschlag. Der Himmel war ungeheuer weit und licht, in der Ferne erhoben sich die dunstigen, von Nebel umhüllten Berge.

Auch er stieg aus. Sie standen nebeneinander, es herrschte eine andächtige, zugleich spannungsgeladene Stimmung. Amar ging in die Hocke und zeigte auf die Erde. Er forderte sie auf, hinzusehen, dort saß ein Skorpion. Seppo nahm ein Stöckchen, um ihn genauer zu betrachten. Er merkte nicht, daß Elisabet mit dem Mann zum Auto zurückging, hatte er doch nie zuvor einen lebenden Skorpion gesehen, und das Tier interessierte ihn sehr, wie alles, was in der Natur kreucht und fleugt. Er hörte, wie der Motor angelassen wurde, beeilte sich aber nicht, mochten sie ruhig einen Augenblick warten, nachdem sie so weit gefahren waren! Der Skorpion hing mit seinen Scheren an dem Stöckchen, ein kleines, farbloses, widerlich aussehendes Viech.

Das Auto rollte an, als er sich erhob und aufblickte. Er machte einen Schritt, es fuhr davon. Als nur noch der Staub zu sehen war, fiel er in Trab, lief etwa zwanzig Meter und blieb stehen. Er schaute in die Richtung, in der das Auto verschwunden war, sah, wie der Staub sich senkte, und hörte, wie das Motorengeräusch erstarb. Die Hände in die Hüften gestützt, stand er breitbeinig da und sah bekümmert aus. »So ein Mist!« sagte er. »Die Schirmmütze liegt ja noch im Wagen!«

Die Stille war noch dichter als vorhin, die Weite unendlicher, seine Einsamkeit vollkommen. Er fing an zu singen. Er kannte nicht viele Lieder, erinnerte sich aber aus der Schulzeit an ein paar besonders wehmutsvolle, warum waren ihm gerade die im Gedächtnis geblieben? Als ihm der Gesang zu traurig wurde, hörte er auf, wechselte zu einem fröhlicheren Lied, dessen Text er nicht kannte, das er aber pfeifen konnte. Er brach ab, überlegte, ob er wohl in Lebensgefahr sei und was er in diesem Fall tun sollte. Er war früher schon allein in der Wildnis gewesen, hatte sich mitunter sogar recht lange im Bruchwald aufgehalten, aber das war in seinem eigenen Land gewesen, wo er sich mit den Verhältnissen und den potentiellen Gefahren auskannte. Die größte Gefahr bildeten hier die Raubtiere, von den Felsen her konnte ihn ein Schakal anspringen, und wenn er nicht achtgab, würde ihn womöglich eine Schlange beißen. Er blickte auf, am Himmel flogen ein paar Aasgeier. Andererseits war der Ort, an dem er sich befand, vielleicht doch nicht so abgelegen, wenn er Glück hatte, würde womöglich ein Reisebus oder irgendein anderes Verkehrsmittel vorbeikommen.

Hoffnungsvoll marschierte er los, den Weg entlang, und dachte zufrieden, daß es bis zur Stadt immerhin die ganze Strecke bergab ging. Wenn er ein normales Tempo anschlug, konnte er in anderthalb, vielleicht in einer Stunde am Ziel sein.

Nach einer Stunde merkte er, daß er sich verlaufen hatte. Wie war das nur möglich, er hätte schwören können, daß er den Weg, auf dem das Auto gefahren war, nicht verlassen hatte, aber als er sich jetzt umsah, war das Meer, an dem er sich orientiert hatte, nicht mehr zu sehen. Er lief zurück, und als er merkte, daß die Landschaft überall gleich aussah, geriet er in Panik. Er fiel hin und schlug sich das Knie blutig, stand auf und nahm sich vor, ruhig zu bleiben, einen klaren Kopf zu bewahren. Nachdem er weitere zehn Minuten gelaufen war, kam er an eine Kreuzung und sah, daß er von hier aus die falsche Richtung eingeschlagen hatte.

Die Sonne brannte heiß, er riß sich einen Hemdsärmel ab und nahm ihn als Kopfbedeckung, die der Wind jedoch bald davonwehte. Der Pfad war steinig, im Schotter sanken die Füße ein, er hätte nie gedacht, daß es so schwierig war, durch die Wüste zu wandern.

Nach zweieinhalb Stunden war sein Gesicht feuerrot, seine Augen starrten glasig. Der Weg schien kein Ende zu nehmen. Das Knie schmerzte, aber er dachte nicht mehr daran. Ein ums andere Mal war in der letzten Stunde ein bestimmtes Bild vor ihm aufgestiegen, und da war es wieder: Elisabet stand vor ihm, und er erwürgte sie. Je heftiger er sie würgte, desto größer war sein Genuß. Er wollte das Bild vertreiben und fing wieder an zu singen, er durfte sich jetzt nicht der Verzweiflung überlassen. Es reichte, wenn einer in der Familie verrückt war, und zweifellos war Elisabet die Verrückte. Aber wieder würgte er sie, und diesmal war das Gefühl, das ihn dabei überkam, so stark, daß er auf die Knie fiel und einen wütenden Schrei ausstieß. Als er wieder zu sich gekommen war, sah er sich um, und wieder schien ihm, er habe sich verirrt. Er ging zurück, wanderte eine Stunde lang, bevor er den richtigen Weg fand. Ihm war schwindlig, er taumelte, verspürte Übelkeit. Vor sich, etwa zehn Meter entfernt, sah er eine Frau auf der Erde liegen. Es war Elisabet. Als er näherkam, sah er, daß sie tot war. Sie war mißhandelt und vermutlich auch vergewaltigt worden, denn ihr Schoß war blutig, und ihre Schenkel waren unnatürlich verrenkt. An ihrem Hals zeigten sich dunkle Male, die schwarze Zunge quoll aus dem Mund. Er hörte einen Vogel krächzen und schaute weg, und als er wieder zu der Leiche hinsah, war sie verschwunden. Er schleppte sich weiter und begann zu singen, er nahm sich vor, alle Lieder zu singen, die er kannte, vom Anfang bis zum Ende, auch die, die er nicht kannte, er würde sich die Worte eben ausdenken, aufgeben würde er jedenfalls nicht, und so sang er wie einst als Soldat bei langen Märschen, sang auch dann noch, als ihn die Kräfte verließen, als Mund und Hals staubtrocken waren, sang weiter, obwohl er keinen Laut mehr hervorbrachte, aber in Gedanken sang er, sang aus vollem Hals, als er endlich am frühen Abend, kurz nach sechs, die Hotelgäste hatten sich gerade an ihren Tischen niedergelassen, halb bewußtlos in den Speisesaal wankte.

Vainikainen war mit seiner Gruppe von dem Ausflug auf die Sinai-Halbinsel zurückgekehrt, sie saßen im rückwärtigen Teil des Speisesaals, am Nebentisch speiste Elisabet mit Amar. Seppo sah sie sofort, als er hereinkam, zuerst Vainikainens lichte, reine Gestalt, dann seine Frau und Amar. Der Kerl trug Seppos hellen Sommeranzug. In seinen Ohren pfiff es, waren sie voller Sand?

Er hatte eine vage Vorstellung davon, wie er aussah. Nach der stundenlangen Wanderung durch die Wüste war seine Haut verbrannt, das Gesicht voller Blasen, der Blick glasig, die Lippen trocken und aufgesprungen. Am Knie hatte er eine offene Wunde, die Kleidung war fleckig, am Hemd fehlte ein Ärmel. Dennoch lächelte er freundlich, als er den Blicken der Gäste begegnete, der Kellner blieb verblüfft vor ihm stehen, doch Seppo ging weiter, schlängelte sich zwischen den Tischen hindurch und setzte sich neben Elisabet.

Das erste, was ihm auffiel, war der Fleck auf dem Anzug, den Amar sich ausgeborgt hatte. Er stammte von dem Blaubeerkuchen, den Seppo im vorigen Sommer auf dem Markt in Hakaniemi gegessen hatte. Er versuchte, darüber zu sprechen, brachte aber keinen Ton heraus. Sein Hals war trocken. Elisabet goß aus einer Karaffe Wasser ein, und er versuchte, das Glas zu packen, griff aber ins

Leere. Das Glas fiel herunter und zerbrach, der Kellner kam mit einem Besen, fegte die Scherben zusammen und gab ihm ein neues Glas. Diesmal schaffte er es, er trank ein Glas Wasser nach dem anderen.

Elisabet und Amar waren schon beim Hauptgericht, Seppo mußte zugeben, daß er gar keinen Hunger hatte. Das Pfeifen in seinen Ohren hatte sich in ein Rauschen verwandelt, er drehte sich um und fing den starren Blick von Vainikainen auf. Der Reiseleiter sah merkwürdig blaß aus. Seppo lächelte, hätte gern gefragt, wie der Ausflug verlaufen sei, doch er konnte nicht sprechen. Marja Lavén saß weiter weg, sie nickte ihm bestürzt zu, und überhaupt wirkten seine Mitreisenden sehr still und ernst, wenn sie ihn anschauten. Er hätte ihnen gern irgend etwas Aufmunterndes gesagt, hurra, wir leben noch oder etwas ähnliches, aber er konnte es nicht. Statt dessen hob er das Glas, als wollte er einen Toast ausbringen, und leerte es, doch keiner trank mit ihm.

»Du Idiot«, sagte Elisabet.

Ihn fror. Elisabet schob ihren Teller zurück und trank einen Schluck Wein. Ihre Lippen waren dunkelrot, Amar hatte sich lässig zurückgelehnt, aber man sah ihm an, daß er sich in seiner Haut nicht wohl fühlte.

»Wie bringst du es nur fertig, in diesem Aufzug im Speisesaal zu erscheinen!« schimpfte Elisabet. »Du hättest dich wenigstens vorher waschen können! In Grund und Boden schämen muß man sich mit dir!«

»Der Weg war weit und anstrengend«, flüsterte Seppo.

»Du hast aber auch immer was zu meckern!«

Sie goß sich Wein nach.

»Ich hab dem da deinen Anzug gegeben, du hast doch nichts dagegen?« sagte sie etwas freundlicher. »Er hatte Hunger, und da du weit und breit nicht zu sehen warst, dachte ich, er könnte hier essen.« Sie beugte sich vor und senkte die Stimme. »Wie soll ich ihn bloß wieder loswerden? Der hat sich an mir festgesaugt wie ein Blutegel. Sieh doch, wie schmeichlerisch er lächelt. Er versucht, sich anzubiedern. Ein richtiger Arschkriecher!«

Der Kellner brachte Seppo einen Salatteller. Er versuchte, die Gabel in die Hand zu nehmen, aber seine Finger waren steif und geschwollen. Er zitterte vor Kälte und Erschöpfung.

»Du solltest dich lieber hinlegen. Du siehst ja zum Fürchten aus!« sagte Elisabet.

»Wolltet ihr mich umbringen?« fragte Seppo.

»Bist du übergeschnappt? Wir wollten eine Weile allein sein. Hättest ein Auto anhalten sollen, da fahren schon welche, versuch ja nicht, mir die Schuld zuzuschieben!«

Sie stand abrupt auf, nahm die Weinflasche vom Tisch und rief mit lauter Stimme, sie habe es mehr als satt, sich grundlos beschuldigen zu lassen, sie sei nicht bereit, irgendeine Schuld auf sich zu nehmen, auch wenn Seppo und diese ganze Gemeinde hier sie in die tiefste Hölle verdammten.

Sie schaute Seppo und Amar an. Mit leiser Stimme, sehr langsam, sagte sie: »Ich hasse die

Männer!« und ging. Seppo sah, wie sie auf dem Hof auftauchte, sich in einen Liegestuhl fallen ließ und den Wein aus der Flasche trank. Ihm war übel, die Wände neigten sich, das Rauschen in seinen Ohren schwoll an. Mit unsicheren Schritten verließ auch er den Speisesaal, durch dieselbe Tür wie seine Frau, öffnete auf dem Hof eine zweite Tür, gelangte in den Flur, ging ihn entlang, bis er sein Zimmer fand, trat ans Fenster, ein paar Schritte nur, hielt sich am Gitter fest, sah gerade noch das türkisblaue, von unten angestrahlte Wasser und Elisabet, die schlaff dalag, die Beine gespreizt, die Flasche in der Hand, das Gesicht von etwas unendlich Trostlosem und Endgültigem gezeichnet, dann wurde die Welt um ihn dunkel, er sank zu Boden und verlor das Bewußtsein.

Nach einer Stunde schlug er die Augen auf, ein heftiger Fieberanfall schüttelte ihn, es war unerträglich heiß und gleichzeitig so kalt, daß er mit den Zähnen klapperte. Er kroch dorthin, wo seiner Erinnerung nach das Bett stehen mußte, zog die Tagesdecke über sich und streckte sich auf dem Fußboden aus. Er lag auf der Seite, mit angezogenen Knien, und sank in tiefen Schlaf.

Er hatte einen entsetzlichen Traum. Zuerst war er in der Wüste, von gnadenloser Sonnenglut und Trockenheit bedrängt. Er ging denselben Weg wie am Tag, aber dieser Weg hatte kein Ende. Seine Beine waren schwer, jeder Schritt schien wie ein Kampf gegen eine geschmolzene, zähflüssige Masse. Nie würde er sein Ziel erreichen. Die Hitze und das grelle Licht lösten die Konturen auf, so daß alles um ihn herum zu schweben schien, Steine, Felsen und Weg, in weiter Ferne die Berge, eine weiche, schwankende Masse.

Er hatte schrecklichen Durst. Seine Zunge war dick und knochentrocken, unförmig geschwollen hing sie ihm aus dem Mund. Fliegen und Bremsen stürzten sich darauf, sie setzten sich auch in seine Nasenlöcher, seine Augenwinkel und seine Ohren. Er sank zu Boden, er wußte, daß er sterben würde, und deshalb schrie er. Er schrie so laut, daß alles um ihn herum erbebte, die Fliegen verschwanden ebenso wie alles andere, er kam wieder zu Kräften und wurde zugleich von einer ungeheuren, alles auslöschenden Begierde ergriffen.

Er verwandelte sich in einen Wolf, er betrachtete seine Frau. Sie lag im Liegestuhl und schnarchte, ihre prallen weißen Schenkel leuchteten im Mondschein, auf ihrem Gesicht lag jener selbstbewußte, harte Ausdruck, den er in den letzten Tagen so oft gesehen hatte. Seine Zunge war naß und süß, Speichel tropfte auf seine Frau herab, als er den Kopf zu ihr hinschob, an ihrem hellen, vollen Hals schnüffelte und seine Zunge da spielen ließ, wo heftig und heiß die Schlagader pulsierte. Dann biß er ihr die Kehle durch, der Kopf sank zur Seite, der Mund klappte auf, Blut floß aus Hals und Mund, er sog es auf, als gelte es sein Leben, war er doch dem Verdursten nahe.

Als sein Durst gestillt war, riß er ihr den Leib auf, zerrte Gedärm und innere Organe heraus, suchte etwas, das Süßeste und Nasseste, wühlte sich so tief in den Leib, daß er beinahe darin verschwand, bohrte seinen Kopf immer weiter hinein, zernagte Adern, zähe Sehnen, Rippenknochen und die dünne Haut um die Lunge, fand schließlich, was er gesucht hatte, das weiche, bluttriefende Herz, das riß er heraus und verschlang es, vor Erregung zitternd.

Er war noch nicht satt, oder war es Wollust, unsägliche Genußsucht, die ihn an den nassen, stinkenden Kadaver fesselte, die ihn dazu trieb, zu zerfleischen, was ihm vor die Zähne kam – nicht unbedingt, um es zu fressen, sondern weil er reißen, saugen und beißen wollte. Erschöpft nagte er noch am Kopf, probierte alles, was im entferntesten genießbar war, Ohren, Augen, die mageren, aber um so mürberen Wangen, und zuletzt, sozusagen als Nachspeise, verschlang er die saftige Zunge.

Er erwachte und rülpste laut. Er war durstig und verspürte einen ekelhaften Druck im Bauch. Er stand auf, taumelte ins Bad und übergab sich. Er legte sich wieder ins Bett, fror, zog die Decke hoch, fand aber keinen Schlaf. Ein ranziger Geruch lag im Zimmer, wie von altem, verfaulendem Fleisch, und er selbst hatte das Gefühl, mit klebrigem Blut bedeckt zu sein. Der Geruch war ihm nicht unangenehm, er reizte die Speicheldrüsen und ließ ihm das Wasser im Mund zusammenlaufen, er erinnerte sich, daß er seit vierundzwanzig Stunden nichts mehr gegessen hatte.

Er saß auf dem Bettrand. Eigentlich fühlte er sich ganz frisch, sehr leicht, fast leer. Er befühlte seine Stirn, sie war glühend heiß.

Es klopfte. Vainikainens Stimme: »Seppo, machen Sie auf! Wie geht es Ihnen?« Da begann sein Kopf zu schmerzen, so heftig, daß er aufstöhnte. Was wollen die denn noch von mir? Habe ich nicht schon alles gegeben? Haut ab! Eine Viertelstunde verging, wieder klopfte es. Ein Kasten Limonade stand in Reichweite, er nahm eine Flasche und schleuderte sie gegen die Tür.

»Seppo ...«, ließ sich Vainikainen vorsichtig vernehmen. Dann hörte Seppo ein Rascheln, leise Stimmen auf dem Flur, schließlich das Geräusch eines Schlüssels, der sich im Schloß dreht. Blinde Wut packte ihn, schleuderte ihn in einen dunklen, bodenlosen Schacht. Er griff nach allem, dessen er habhaft werden konnte, und schleuderte es gegen die Eindringlinge, Vainikainen und einen zweiten Mann, die durch die Tür spähten. Alles eignete sich als Wurfgeschoß, die Flaschen aus dem Kasten, leere und volle Getränkekisten, das Bettzeug, die Matratze, seine eigenen Sachen, seine Kleidung, die wenigen Möbelstücke, und als die Männer endlich gegangen waren, riß er die Tischplatte aus der Wand und schleuderte auch sie gegen die Tür.

Der Kopfschmerz ließ nach, bald war er ganz verschwunden. Er fror nicht mehr, jetzt war ihm heiß. Er schloß die Tür, zog die Matratze zurück ins Bett und breitete das Laken darüber, alles andere ließ er, wie es war. Bei der Werferei war die Lampe zerbrochen, das Zimmer lag im Dunkel. Er warf einen Blick nach draußen, im Hof hatten sich Neugierige versammelt, die zum Fenster hereinstarrten. Am schwarzen Himmel, unter Tausenden von

Sternen, leuchtete der Mond. Es war zunehmender Mond, fast Vollmond, und er glühte. Er zog sich aus, saß nackt auf dem Bett. In dem Spiegel, der am Schrank hing, sah er sich selbst, schwitzend saß er mit gespreizten Beinen da, die Hände auf den Knien, und hechelte. Die geschwollene Zunge wölbte sich aus dem Mund, im fahlen Licht funkelten seine Augen, sein Gesichtsausdruck war bösartig, lauernd, er fand Gefallen daran. Die Hände sahen groß und stark aus, sein ganzer Körper strotzte vor ungeahnter Kraft. Er stieß den letzten Kasten um. »Verdammt noch mal!« sagte er.

Ich weiß nicht, ob Sie sich an mich erinnern, Herr Dr. Syvärinen, ich bin Seppo Sirén vom Finanzamt Helsinki. Ich bin jetzt in Eilat am Roten Meer, es ist Nacht, ich sitze auf meinem Bett und rede mit Ihnen. Vor meiner Reise war ich in Ihrer Sprechstunde, weil auf meiner Stirn überraschend ein Knoten, eine Art Beule aufgetaucht war. Sie sagten, ich solle in ein paar Wochen wiederkommen, falls die Schwellung nicht zurückginge. Na, die Beule verschwand, und ich hatte keinen Anlaß, Sie noch einmal aufzusuchen.

Ich bin immer sehr gesund gewesen und habe keine ärztliche Hilfe gebraucht, bin also auch in dieser Hinsicht ein vorbildlicher Beamter, in meiner ganzen Dienstzeit habe ich erst einen einzigen Tag gefehlt. Sie haben Sinn für Humor, Sie lachten, als ich sagte, daß ich mich vielleicht gerade in einen einhörnigen Schafbock verwandle. Der Vergleich war treffend, vielleicht ein wenig schmeichelhaft, denn der Schafbock ist ein simples, aber eigenwilliges Tier und muß daher wenigstens ein Quentchen Selbstachtung und Gefühl für den eigenen Wert besitzen. Irgendein amöbenartiges Lebewesen hätte sich besser zum Vergleich geeignet, beispielsweise die Ohrenqualle. Ich habe hier erlebt, wie sie haltlos auf den Wellen treibt und sich ohne Gegenwehr jegliche Behandlung gefallen läßt. Sie wird im Wasser herumgestoßen, die Leute schleudern die weiche, gallertartige Masse umher, besonders Mutwillige werfen damit nach anderen Schwimmern, und dieses rückgratlose Wesen läßt willig alles mit sich geschehen. Wenn die Schwimmer endlich von der Qualle ablassen, wird sie aufs Wasser geklatscht und treibt weiter. Von einem Selbsterhaltungstrieb kann man in ihrem Fall eigentlich nicht reden, und ihre sonstigen Lebensfunktionen sind auch nicht viel wert, sie treibt mit den Meeresströmungen und ist völlig harmlos, weil ihre Nesselzellen so erbärmlich schwach sind.

Bis nach Israel mußte ich kommen, um meine Verwandtschaft mit diesem Lebewesen zu entdekken. Das liegt nicht nur an meiner eigenen Blindheit, unter Gleichartigen ist es eben schwierig, seine wahre Natur zu erkennen. Man kann vierzig Jahre im Amt zubringen, und wenn man dann pensioniert wird, sieht man sich immer noch als Falke, als Fuchs, als Schlange oder eben als einhörnigen Schafbock!

Nachdem mein Selbstbetrug an den Tag gekommen ist, wage ich folgendes zu behaupten:

Jahrelang habe ich eine Beförderung abgelehnt und mich mit den Aufgaben eines Sachbearbeiters begnügt, weil ich auf diese Weise mit normalen Menschen, den Steuerzahlern, in Berührung kam. Im Januar, wenn der stärkste Andrang herrschte, arbeitete ich als Berater im Erdgeschoß, die Schlange war einige zig Meter lang. Vor mir steht ein alter Mann, der stockschwingend die unglaublichsten Schmähungen gegen mich ausstößt, weil er wie die meisten unserer Klienten glaubt, wir Beamten seien verantwortlich für Steuerbescheide, die die Betroffenen für unbillig halten und oft auf Mißverständnisse von unserer Seite zurückführen – dieser Mann also schreit mich an und bedroht mich mit seinem Stock, ich aber habe Verständnis, meine Geduld ist grenzenlos, wenn er Luft holt, bringe ich hier und da ein freundliches Wort an, und ohne ihn im geringsten zu drängen, versuche ich ihm wieder und wieder zu erklären, worum es eigentlich geht. Die beiden nächsten Besucher sind friedlich, und ich kann Atem schöpfen, aber bald steht wieder ein schwieriger Fall vor mir, eine große, dicke Frau, die ihre geballte Faust auf meinen Tisch haut und mich anbrüllt. Mit viel Geduld gelingt es mir, sie und die meisten anderen zu zügeln, und wenn sie dann gehen, sind sie mir oft sogar dankbar.

Was war mein Beweggrund? Nächstenliebe, der aufrichtige Wunsch, zu helfen und zu dienen? Nein, Verachtung!

Eine alleinstehende Mutter von drei Kindern, Schichtarbeiterin, weint über die Einbehaltung ihrer Steuerrückerstattung. Ich sehe sofort, daß sie die Rückerstattung doch noch bekommen kann, wenn sie eine fehlende Bescheinigung vorlegt, aber ich lüge sie an. Ich erkläre ihr, die Buchung sei schon in den Computer eingegeben, aber wenn sie die Bescheinigung innerhalb einer Stunde brächte, könnte *ich* die Buchung löschen, und sie bekäme ihr Geld. Sie tut es, eine Stunde später kommt sie verschwitzt und außer Atem mit dem fehlenden Papier an, wir trinken Kaffee zusammen, denn aus

Dankbarkeit lädt sie mich dazu ein. Am Abend nimmt sie mich mit in ihre Wohnung, ich bleibe ein paar Stunden. Sie hat keinen Mann und empfängt mich mit offenen Armen, die Kinder hat sie zu den Nachbarn gebracht oder in irgendeinen Winkel verbannt. Wir gehen ins Schlafzimmer, zwischen Gitterbettchen steht ihr schmales Bett, auf dem lieben wir uns, und ich denke: Was bin ich doch für ein guter Kerl, diesem armen Wesen habe ich an einem Tag gleich zweimal geholfen!

Man könnte sagen, daß ich in bezug auf Frauen einen ziemlich einseitigen Geschmack an den Tag gelegt habe. Am liebsten waren mir Alleinerziehende, Frauen mittleren Alters, die von ihren Männern vernachlässigt wurden, sowie verlassene oder sehr junge Frauen, die an ihrer Attraktivität zweifelten. Mich rührte ihre hingebungsvolle Dankbarkeit, wenn ich sie wählte, ihre Demut und stille Unterwerfung in dem Moment, da ich erklärte, ich sei verheiratet, hätte nicht die Absicht, mich scheiden zu lassen, und würde mich keinesfalls auf ein Verhältnis einlassen. Manche brachen in Tränen aus, und dann ermahnte ich sie zu einer bescheidenen Lebenseinstellung, sie könnten eben nicht alles haben, müßten sich mit Geringem begnügen (so wie ich ja auch, als ich sie nahm!), müßten mit dem vorliebnehmen, was ich ihnen mit meinen bescheidenen Fähigkeiten bieten konnte.

Es gab eine, bei der ich damit scheiterte. Sie gab nicht nach, verzichtete nicht auf ihre Ansprüche, und so blieb ihr nur ein Ausweg, der Tod. Meine Nächstenliebe ist so stark, daß sie tötet. Meine Gutherzigkeit ist Gift, insofern bin ich wirkungsvoller als die Ohrenqualle, bin ein ausgewähltes, übermächtiges Individuum. Vielleicht dem Skorpion verwandt?

Wenn ich aber Frau Eskelinen gegenüberstehe, komme ich mir immer vor wie ein Wackelpudding. Sie ist meine Vorgesetzte, eine gestrenge Frau um die Fünfzig, der ich mich nach besten Kräften angebiedert habe. Sie hat hartnäckig darauf gedrängt, daß ich zum Bürochef befördert wurde, und schließlich mußte ich nachgeben. Ich weiß nicht, was die Beule auf meiner Stirn zu bedeuten hatte, die Eskelinen sagte jedenfalls: »Wenn Sie mir nur nicht krank werden! Sie sind so ein *guter* Mensch!« – »Ich habe doch nur mein Bestes getan«, sagte ich und setzte mein typisches Lächeln auf, ganz bescheiden und warmherzig.

Wie zu erwarten, erstreckt sich der Betrug auch auf meine Ehe und mein sogenanntes Familienleben. Ich sage »sogenanntes«, denn ich habe mich nach Kräften bemüht, mich von diesem Teil meines Lebens fernzuhalten. Nachdem es nun dazu gekommen ist, daß meine Frau ziemlich grob mit mir umspringt (wobei sie sich auch selbst nicht schont), muß ich zugeben, daß ich bekomme, was ich verdient habe. Ich bin ihr gegenüber nicht verbittert oder auch nur ärgerlich, ich wundere mich nur, daß sie mich so glimpflich davonkommen läßt. Ich hätte Schlimmeres verdient, habe ich sie doch fünfzehn Jahre lang verachtet und mir oft gewünscht, sie loszuwerden. Ich habe geglaubt, sie sei schwach und bemitleidenswert, von mir abhängig, eine Bürde, die mir auferlegt wurde und die ich bis an mein Lebensende mit mir herumschleppen muß.

Vor Jahren waren wir einmal im Februar auf dem Lande und gingen dort in die Sauna. Draußen herrschte strenger Frost, es war Abend. Meine Frau ging nackt nach draußen, um sich abzukühlen, und als sie zurückkam, war die Tür ins Schloß gefallen. Mit dem Schlüssel hätte man von innen aufschließen können, aber ich log, ich könnte ihn nicht finden. Sie stand draußen auf der Treppe, vor Kälte zitternd, und ich war froh, daß die Fenster so klein waren, daß sie nicht hereinklettern konnte. Ich genoß es, ihr verzweifeltes, angstverzerrtes Gesicht zu sehen, ihre mitleiderregenden Versuche, sich durch Hüpfen und Armeschwenken warmzuhalten. Obwohl ich sie eigentlich nur ein bißchen ärgern wollte, versetzte mich der Gedanke, daß ihr Leben jetzt in meiner Hand lag, daß ich ihm ein Ende machen konnte, in einen Glücksrausch, wie ich ihn seither nur noch einmal erlebt habe, nämlich gestern, als ich mit ihr ins Bett gegangen bin.

Als ich meinte, jetzt hätte sie lange genug gefroren, erbarmte ich mich und ließ sie herein. Ich sagte, ich hätte den Schlüssel unter dem Lattenrost gefunden; ich weiß nicht, ob sie mir glaubte. Ich half ihr auf die Schwitzbank, begann sie abzureiben, geriet in Erregung und schlief mit ihr. Sie holte sich eine Lungenentzündung, an der sie den ganzen Winter und auch noch in den ersten Frühlingswochen litt, und jedesmal, wenn ich sie husten oder über Müdigkeit klagen hörte, wurde ich daran erinnert, was für ein Mensch ich war. Das verschaffte mir Befriedigung, ich wußte, daß ich trotz allem lebendig und vital war...

Ich bin erleichtert, daß jetzt alles so gekommen ist. Ich fühle mich merkwürdig frei, die Vorstellung ist aus, die unerträgliche Heuchelei hat ein Ende, und zum erstenmal sage ich aus vollem Herzen die Wahrheit. Der Preis ist hoch, ich weiß nicht, ob ich mit dem Leben davonkomme. Von Minute zu Minute bekomme ich mehr und immer mehr Ähnlichkeit mit einem Wolf, und was ich empfinde ... es mag genügen, wenn ich sage, daß ich furchtbar hungrig bin und alles, ich meine wirklich alles, was nach Fleisch riecht, verschlingen könnte. Mir rinnt der Geifer aus dem Mund, wenn ich an die wohlgenährten Leiber denke, die morgens rings um das Schwimmbecken liegen, und zugleich fühle ich ein leises Entsetzen, weil ich mich nicht beherrschen kann. Sehen Sie, selbst ich habe mir noch ein Quentchen Anstand und Menschlichkeit bewahrt und will mich nicht zu allen möglichen Ausschweifungen hinreißen lassen, obwohl ich, ehrlich gesagt, Lust dazu verspüre. Ich bin trotz allem ein zivilisierter Mensch, auch wenn ich jetzt anders aussehe. Lieber Herr Dr. Syvärinen, welche Diagnose würden Sie stellen, würden Sie mich eine Woche krank schreiben, und wie würden Sie Ihr ärztliches Gutachten formulieren? Ich bin stark behaart, verschwitzt, aufgedunsen und übelriechend. Meine Augen eitern, aus dem Mund tropft mir Geifer, und Sie werden erraten, was aus meinem Schwanz spritzen würde, wenn ich ihn jetzt anfaßte, er ist groß und dick, gleicht selbst im Ruhezustand einem gefechtsbereiten Kanonenrohr, und auch meine Eier sind nicht zu verachten, prall und schwer hängen sie mir zwischen den Beinen, das Druckgefühl und die schleimige Flüssigkeit, die aus meinem Schwanz tropft, lassen mich ahnen, was es für ein Feuerwerk gäbe, wenn ich meine Hand um ihn legte und anfinge, zu …, zu … Was sagen Sie als Arzt dazu, was würden Sie mir verschreiben, ein Aspirin?

Seppo erhob sich vom Bett. Sein letztes Wort hatte wie ein Stöhnen geklungen. Er machte ein paar tastende Schritte, als wolle er irgendwohin, fuhr mit den Händen durch die Luft, als suche er etwas, woran er sich festhalten könnte, irgendeinen festen Gegenstand, oder suchte er vielleicht die Hand eines Menschen? Dann sank er zusammen, fiel schwer aufs Bett, lag reglos auf dem Bauch. Als der Morgen dämmerte, öffnete er vorsichtig die Augen und erwachte wie aus einem langen, tiefen Schlaf.

Im grauen Licht des Zimmers setzte er sich auf, wischte sich über das Gesicht und blickte in den Spiegel. Die Körperbehaarung war nicht mehr zu erkennen, aber sonst sah er im großen und ganzen genauso aus wie in der Nacht: furchtbar häßlich. Er fletschte die Zähne, seine Augen waren blutunterlaufen, die Zunge tiefrot und geschwollen. Sein Glied sah so aus, wie er es Doktor Syvärinen beschrieben hatte. Der heftige Druck in den Hoden, die starke Erektion und die unerträgliche Spannung im ganzen Körper zwangen ihn nun zu der Maßnahme, von der er ein paar Stunden zuvor gesprochen hatte, ohne sich dazu aufraffen zu können. Er brauchte nur ein paarmal mit der Hand auf und ab zu fahren, da stöhnte er auf, warf sich auf den Rücken und verspürte eine unsagbare Erleichterung, die allerdings nicht lange anhielt. Der Hunger war nun so groß, daß er ihm Schmerzen bereitete. Durst hatte er auch. Um ihn zu stillen, ging er ins Bad, drehte den Wasserhahn ganz auf und trank laut schlürfend. Wieder im Zimmer, sprang er über das Bett hinweg und staunte über seine Geschmeidigkeit. Er fuhr mit der Hand durch die Luft, schlug dabei unbedacht gegen die Wand, ein Funke zuckte, und der Putz fiel herunter. Er betrachtete seinen Fingernagel, der war unversehrt, aber es war ja auch der Nagel eines Raubtiers, kräftig und spitz wie seine Zähne. Er öffnete den Mund und glaubte vier Reißzähne zu erkennen. Er sah, daß sein Nacken gedrungener und sein Oberkörper kräftiger geworden war, er hatte jetzt breite Schultern und sehr muskulöse Arme. Unruhig begann er im Zimmer auf und ab zu laufen, dabei trat er in die Glassplitter, die auf dem Boden lagen, doch er tat sich nicht weh.

Er trat ans Fenster, der Hof badete im fahlen, gleichmäßigen Licht, das Wasser im Swimmingpool war ganz still, der Boden schien nach oben gestiegen zu sein. Auf einem Tisch lagen eine leere Bierflasche und ein angebissenes Schinkenbrot. Als er das Brot erblickte, begann er zu zittern, zog die Vorhänge zu und setzte sich auf den Fußboden.

Gleichzeitig wurde ihm bewußt, wer er war, Seppo Sirén auf Urlaub im Süden, begleitet von seiner vierzehnjährigen Tochter Ursula und seiner Frau Elisabet. Er war ein Mensch, er hatte eine Kennziffer und einen Arbeitsplatz beim Finanzamt in Helsinki. Was war mit ihm geschehen, was war die Ursache seiner Verwandlung? Er versuchte, sich an die Ereignisse des Vortags zu erinnern, und da sah er einen Wolf durch die Wüste streifen, das war er selbst. Der Wolf war voller Wut, und als er eine Frau, das war Elisabet, auf dem Weg erblickte, sprang er sie an, zerfleischte sie und fraß sie auf. Die Erinnerung ließ ihn genüßlich schaudern, er brummte leise. Erneut ging er ins Bad, um Wasser zu trinken, und da begriff er, daß er sich geirrt hatte, er selbst war in menschlicher Gestalt in der Wüste gewesen, weil seine Frau ihn dort ausgesetzt hatte, und er war stundenlang gelaufen und schließlich ins Hotel zurückgekehrt, wo die Gäste beim Abendessen saßen. Er war in sein Zimmer gegangen, hatte Elisabet am Swimmingpool gesehen und hatte sich in einen Wolf verwandelt, sich in der Nacht auf sie gestürzt und sie getötet. Er fing an zu hecheln, Geifer rann ihm aus dem Mund. Aber auch das war ein Traum gewesen, oder doch nicht? Er befühlte seine Stirn, sie war glühend heiß. Die Wände schienen zu schwanken, als würden sie jeden Augenblick über ihm zusammenfallen. Er streckte sich zwischen dem Gerümpel auf dem Fußboden aus und schlummerte ein. Er erwachte, weil es nach Fleisch roch. Als er den Vorhang zurückzog, sah er Menschen am Schwimmbecken, er wollte an sie herankommen, packte die Gitterstäbe und riß so heftig daran, daß sie sich verbogen, dann wich er zurück, als hätte ihm das Eisen die Hände versengt. »Mein Gott, wer bin ich?« stammelte er.

Etwas später klopfte es an der Tür. Er hockte auf allen vieren auf dem Fußboden, suchte etwas, wußte nicht, was.

»Ich bin's«, hörte er Vainikainen sagen. »Alles in Ordnung?«

Er schwang sich aufs Bett, rieb sich den heißen, verschwitzten Kopf und versuchte, so normal wie möglich zu klingen. »Ja. Wie geht es meiner Frau?«

Der Reiseleiter bat ihn, die Tür aufzumachen, er aber antwortete, das ginge jetzt nicht. Durch die geschlossene Tür hindurch erzählte der Reiseleiter, Elisabet sei im Liegestuhl eingeschlafen, er habe ihr in ihr Zimmer geholfen und sie zu Bett gebracht. Ursula dagegen sei verschwunden. Sie habe in der Nacht nicht bei Elisabet geschlafen und sei auch später nicht auf dem Hof gesehen worden. Seppo versprach, seine Tochter zu suchen, wenn er wieder bei Kräften sei, vielleicht schon am Nachmittag.

»Vielleicht ist sie am Strand.«

»Kann sein.«

Vainikainen beteuerte, wie erleichtert er sei, daß es Seppo offenbar wieder besser ginge. »Ehrlich gesagt, gestern war ich ein wenig beunruhigt. Ich schicke Ihnen eine Putzfrau, die das Zimmer in Ordnung bringt, da muß ja ein ganz schönes Durcheinander herrschen! Sie können sich solange in meinem Zimmer hinlegen.«

Seppo versicherte, was er in Unordnung gebracht habe, werde er auch selbst wieder aufräumen.

»Lassen Sie mir Schaufel und Besen bringen, dann ist mein Zimmer spätestens heute abend sauber!«

»Bestimmt? Fühlen Sie sich kräftig genug?«

»Natürlich!«

Vainikainen ging. Nach einer Weile klopfte es wieder, und Seppo hörte Schritte, die sich eilig entfernten. Er öffnete die Tür einen Spaltbreit und fand Putzzeug. Kurz darauf erneutes Klopfen und Schritte – diesmal stand ein Tablett mit seinem Frühstück vor der Tür. Er holte es herein und schloß ab. Auf dem Tablett lag ein Andachtsbuch, ein Lesezeichen markierte den Psalm Davids. »Der Herr ist mein Hirte, mir wird nichts mangeln.« Er legte das Buch beiseite, schlug es aber bald wieder auf und las mehrmals nacheinander die Zeilen: »Du bereitest vor mir einen Tisch im Angesicht meiner Feinde. Du salbest mein Haupt mit Öl und schenkest mir voll ein. Gutes und Barmherzigkeit werden mir folgen mein Leben lang, und ich werde bleiben im Hause des HERRN immerdar.«

Die Worte berührten ihn, obwohl er sie nicht verstand, sein Herz regte sich, wurde von einem Gefühl des Mitleids gestreift, das er rasch abschüttelte.

Das Putzzeug blieb liegen, er hatte gar nicht die Absicht gehabt, sauberzumachen. Vor Kälte zitternd, zog er das Laken über sich und schlief ein. Ein paar Stunden später weckte ihn Vainikainens Stimme. Wieder stand er hinter der Tür und sprach mit ihm.

»Seppo, hören Sie mich?« fragte er. Seppo verbarg seinen Ärger und seine Erschöpfung und erklärte, ja, er höre ihn. »Was Ursula angeht, so können Sie unbesorgt sein, sie hat sich wieder angefunden. Sie ist am Strand, wie wir vermutet hatten.«

Der Reiseleiter schwieg eine Weile.

»Sie hat sich im Sand vergraben. Sie ist ganz vom Sand bedeckt, nur das Gesicht lugt hervor. Ich war vor kurzem noch bei ihr, Gott sei Dank liegt sie im Schatten, unter einem Sonnenschirm. Sie wirkt frisch und munter, es besteht kein Grund zur Sorge, jedenfalls zur Zeit noch nicht.«

Wieder stockten seine Worte.

»Elisabets Freund ist heute morgen aus Jerusalem gekommen, und sie sind nach Masada gefahren, um sich die Ruinen der alten römischen Festung anzusehen. Das ist übrigens eine wirkliche Sehenswürdigkeit. Auf dem Berggipfel liegt eine vollständige antike Siedlung. Die Juden sind dorthin geflohen, und um sich nicht den Römern ergeben zu müssen, haben sie gemeinsam Selbstmord begangen. Fast tausend Menschen haben sich dort das Leben genommen. Hören Sie mich? Wir fahren morgen hin – wenn Sie mitkommen möchten, trage ich Sie gern in die Teilnehmerliste ein.«

»Tun Sie das!« stimmte Seppo zu.

Danach war es still. Seppo glaubte, der Reiseleiter sei schon gegangen, da hörte er plötzlich seine Stimme.

»Seppo ... Ursula wartet auf Sie. Als ich sie gefragt habe: ›Warum stehst du nicht auf, du verbrennst doch da im Sand‹, da sagte sie: ›Ich warte auf meinen Vater.‹ Ich weiß nicht, welcher von beiden damit gemeint war, der himmlische Vater oder Sie, Seppo, aber ich glaube, Ursula hat Sie gemeint.«

Er stapelte die leeren Flaschenkästen vor der Tür, denn er wollte seine Ruhe haben. Warum zum Teufel läßt man mich nicht in Ruhe?, dachte er, wikkelte sich in ein Laken und schlief ein. Er träumte, er stünde auf einem Berggipfel, umzingelt von Raubtieren, und als die Tiere die senkrechte Felswand hinaufkletterten, stellte er sich auf einen Felsvorsprung und sprang hinunter. Ruhig, in weiten Bögen, schwebte er über die sonnenverbrannte, karge Landschaft. Er erwachte mit dem Gefühl, noch immer zu schweben, dann in weichem Wasser zu treiben und schließlich langsam in die Tiefe zu sinken. Auf dem Grund ruhte er wie in einem Schoß, vor allem Bösen geschützt, über sich die schweren Wassermassen.

Am Nachmittag begann das Fieber zu sinken. Auf die Ellenbogen gestützt, setzte er sich langsam auf, das Laken hatte sich wie eine nasse Schnur um seine Beine gewickelt. Im Zimmer war es erstikkend heiß. Über die Wand lief ein fetter Kakerlak, zwischen den Broten auf dem Tablett saßen Fliegen. Auf dem Hof war es still, die Hotelgäste waren vor der Hitze in die klimatisierten Innenräume geflüchtet oder an den Strand, wo ein kühlender Wind wehte. Aus der Küche unter seinem Zimmer stieg der Geruch von gebratenem Fleisch auf. Er schaute hinaus, auf dem Plastikrasen lag Abfall, und auf dem Wasser im Becken schwamm eine fettige Schicht. Seufzend ließ er sich auf die feuchte Matratze zurückfallen und lag da wie ein Toter.

Gegen Abend klopfte jemand energisch an die Tür.

»Seppo, mach auf!« Es war Marja Lavén.

»O nein«, stöhnte Seppo.

»Seppo, hörst du mich?«

Er setzte sich auf, vergrub den Kopf in den Händen, ihm war schwindlig.

»Hörst du mich?«

»Ja.«

»Ich finde, du solltest dich endlich zusammenreißen, mit dem Saufen aufhören und zu deiner

Tochter an den Strand gehen. Sie braucht dich. Sie hat seit Stunden nichts mehr gesagt, aber als sie zum letzten Mal gesprochen hat, da hat sie nach dir gefragt. ›Wo ist mein Vater?‹ Was sollten wir ihr sagen? Daß ihr Vater dem Suff verfallen ist und sich in seinem Zimmer verschanzt hat, daß er niemanden hineinläßt und sich weigert, herauszukommen? Ich habe ihr vorgelogen, du wärst krank, aber sie hat mir sicher nicht geglaubt. Sie hat den ganzen Tag im Sand gelegen, und jetzt ist sie verschwunden. Hier ist sie wohl nicht gewesen?«

»Nein.«

»Wir waren gegen fünf Uhr bei ihr am Strand, und sie war glühend heiß. Fräulein Hyvärinen, Martti und ich haben versucht, sie aus dem Sand zu ziehen, aber da fing sie fürchterlich an zu schreien. Ich bin losgegangen, um Elisabet zu suchen, habe sie aber nicht gefunden, und als ich zurückkam, war das Mädchen verschwunden. Hörst du überhaupt, was ich sage?«

»Ja.«

»Na und, wirst du etwas unternehmen?«

»Auf der Stelle!«

»Bist du sehr betrunken?«

»Überhaupt nicht.«

»Dann geh und such Ursula!«

Marja ging davon.

Später, als er in dem dunklen Zimmer mit offenem Mund auf dem Bauch lag, fiebergeschwächt und fast bewußtlos, hörte er hallende Schritte im Flur, sie näherten sich langsam, als kämen sie von weit, weit her. Es war Vainikainen, der nun durch die geschlossene Tür sprach, mit erregter, erschütterter Stimme.

»Ich komme vom Strand – Sie können sich nicht vorstellen, was dort geschehen ist. Ursula hat den ganzen Tag dort gelegen und ist dann verschwunden. Gegen Abend bin ich wieder hingegangen und habe eine Menschenmenge an der Stelle gesehen, wo Ihre Tochter gelegen hat. Ich durchbrach die Menschenkette, und da stand ich, verblüfft starrte ich auf die leere Stelle im Sand, die Vertiefung, die Ursula hinterlassen hat. Um mich herum war es gespenstisch still, ich wunderte mich über die ernsten, gespannten Blicke, die ausnahmslos auf diese Vertiefung gerichtet waren. Als ich genauer hinschaute, sah ich eine feuchte Stelle, in der Mitte ein kleines Loch, und ich begriff! Die Leute warteten darauf, daß aus diesem Loch irgend etwas zum Vorschein kommen würde. Lange brauchten sie nicht zu warten, denn siehe, ich hatte noch keine Minute dort gestanden, als eine kleine Wassersäule, höchstens dreißig Zentimeter hoch, aus der Erde stieg. Es war eine Quelle! Mein Blick fiel auf das verblüffte Gesicht von Fräulein Hyvärinen. Die Säule verschwand, um dann von neuem aufzusteigen, diesmal kraftvoller. Das Wasser strömte klar und rein aus der Erde, während ringsum die Menschen raunten. Ein Mann ging in die Hocke, schöpfte mit der Hand Wasser und trank davon, wortlos nickte er, und die anderen folgten seinem Beispiel. Es entstand ein Handgemenge, denn die Quellader war klein und konnte jederzeit versiegen. Aus unserer Gruppe waren ebenfalls Leute dort, Fräulein Hyvärinen und Marja Lavén, aber auch andere, darunter der stotternde Sohn der Lehtonens. Ich erzählte ihnen, es handele sich keineswegs um ein außergewöhnliches Ereignis. Die Erosion läßt in der Wüste Quellen aufbrechen und versiegen, aber nicht alle Quellen versiegen, um sie herum können üppige Oasen entstehen, wie in Jericho. Niemand hörte mir zu, und schließlich wurde ich durch den Aufschrei einer Frau unterbrochen. Sie hatte von dem Wasser getrunken, nun kniete sie auf der Erde und reckte ihre fleckigen, von einem Ausschlag entstellten Arme. Aus einem mir unbekannten Grund geschah es, daß diese Flecken zu verblassen begannen und schließlich ganz verschwanden. Die Frau lachte und weinte gleichzeitig, eine Freundin eilte herbei und führte sie beiseite. ›Eine Hysterikerin‹, sagte ich zu Fräulein Hyvärinen, aber die trank schon in vollen Zügen. Im nächsten Moment preßte sie die Hände auf die Brust und rief: ›Großer Gott, ich atme, zum erstenmal kann ich richtig atmen!‹ Ein Dankvers wurde angestimmt, worauf ich, von unbegreiflicher Wut erfaßt, brüllte: ›Hört auf, ihr guten Leute, hört sofort auf!‹ Sie taten es nicht, nahmen mich nicht einmal wahr. Ein Chaos herrschte dort, als hätte sich der ganze Strand an der Quelle versammelt und als wollte ein jeder etwas abbekommen. Ekstase ist mir fremd, und nun stand ich inmitten dieser Verzückten, von Hilflosigkeit und großer Angst erfüllt. Auch der junge Lehtonen wollte an die Quelle, ein völlig unverdorbener Zwölfjähriger, ich packte ihn an der Schulter und versuchte ihn davon abzuhalten. Der Junge wehrte sich, und dann kam ihm sein Vater zu Hilfe, befreite ihn aus meinem Griff und warf mich rücksichtslos zu Boden. Ich kroch davon, um nicht zertreten zu werden, am Uferrand setzte ich mich hin und schluchzte, völlig außer Fassung. ›Die sind ja verrückt, verrückt!‹ stieß ich immer wieder hervor, ›die sind nicht ganz richtig im Kopf – begreifen die denn nicht, daß wir in einer aufgeklärten Epoche leben und daß etwas Derartiges gar nicht passieren kann?‹«

Dann stand der Reiseleiter vor Seppo, er zitterte vor Erregung.

»Seit sieben Jahren führe ich Gruppen durch das Heilige Land, ich bin Experte, ich kenne die Verhältnisse in diesem Land und auch seine Geschichte durch und durch. Ich kenne die Bibel, mit den Wundertaten Jesu bin ich so vertraut, daß ich sie im Schlaf erzählen könnte. Ich glaube, das war ein wichtiger Grund, weshalb ich mich um diese Arbeit beworben habe, ich wollte davon erzählen können, damit die Leute sehen und glauben, daß auch in ihrem Leben ein Wunder möglich ist. Und wenn es dann tatsächlich geschieht, bin ich der letzte, der daran glaubt.«

Er sah Seppo mit weit aufgerissenen Augen an und hob die Hände – der Stumpf des rechten Zeigefingers ragte verkrüppelt und unbeholfen in die Luft.

»So gering ist mein Glaube!« rief er aus, vergrub das Gesicht in den Händen und fing an zu schluchzen. Dann war er weg.

Seppo hatte Durst, er wollte zur Quelle, um zu

trinken. Er kroch auf dem Boden herum und suchte seine Shorts. Er war nicht sicher, ob es ihm schließlich gelungen war, sie anzuziehen. Egal. Er öffnete die Tür und trat hinaus.

Am Strand war niemand. Die Quelle sah er nicht, aber er hatte Glück – als sein nackter Fuß auf eine feuchte Stelle im Sand traf, wußte er sofort, daß sie hier gesprudelt hatte. Er kniete sich hin und begann zu graben, sorgfältig, ohne Hast, und je tiefer er kam, desto weniger zweifelte er daran, daß er nicht nach Wasser suchte, sondern nach seiner Tochter Ursula.

»Wen suchst du?« hörte er Marja fragen. »Ursula«, erwiderte er. »Such sie nicht«, sagte Marja, »das ist vergebens. Du wirst sie nicht finden, sie ist nicht mehr unter uns.«

Um ihn herum standen der Sohn von den Lehtonens, Fräulein Hyvärinen und andere Andachtsreisende, auch der Mann aus Oulu. Marja beugte sich zu ihm hinab und sagte leise: »Begreifst du denn nicht, Seppo – sie war kein richtiger Mensch!«

Dennoch grub er, bohrte seine Hände in den Sand und schaufelte ihn beiseite. »Du wirst sie nicht finden«, sagte der kleine Lehtonen. »Sie hat sich aus dem Sand erhoben und schritt ins Meer hinein, ich sah, wie sie schwamm, untertauchte und verschwand, und siehe, in diesem Augenblick strömte die Quelle aus der Erde, und ich trank davon und wurde geheilt!«

»Ich auch!« schrie Fräulein Hyvärinen, und alle riefen: »Halleluja!«

Seppo grub immer noch, es war still, er glaubte,

er sei allein. Dann fragte jemand: »Wer ist dieser Mann?«

»Irgendein Verrückter vom Finanzamt«, hörte er den Mann aus Oulu erwidern.

»Man sollte ihn anzeigen!«

»Ja, das sollte man!«

»Verrückt ist der, der braucht einen Arzt!«

»Braucht er nicht, der ist doch bloß besoffen!«

»Ich wußte gar nicht, daß dieser Sirén säuft«, sagte der Mann aus Oulu. »Interessant, das werde ich nicht auf sich beruhen lassen! Das muß doch dem Amt mitgeteilt werden, und vor allem muß seine Frau davon erfahren. Die ist übrigens wirklich klug und gebildet. Man sollte nicht glauben, daß so einer eine solche Frau hat!« Die Stimme verschwand, zum Schluß fing Seppo die Worte »Finanzamt« und »Merihaka« auf, einen Satzfetzen – »Wenn man so einem sein Schicksal anvertraut...« – und dann noch »Bezirk Oulu«, »notwendige Maßnahmen« und »Konkurs«.

Das Meer seufzte, weiße Schaumkronen wurden an den Strand gespült. In der Grube wurde nun ein weißer Fleck sichtbar, Seppo berührte die Stelle, sie war kalt und feucht, es war Ursulas Stirn. Er legte das Gesicht frei, im Mondlicht war es bläulich hell und leblos. Er grub, bis der ganze Körper zu sehen war, dann griff er nach ihm, zog ihn heraus und drückte ihn an sich. Er dachte, das Mädchen sei tot, aber sie atmete noch, ein schwacher Seufzer durchzog ihren Körper. Sie wirkte so klein und zart, daß es schien, als würde sie zerbrechen, wenn Seppo sie auch nur ein wenig fester drückte. Das Mädchen rührte an sein Herz, es begann heftiger zu schlagen, und davon erwachte er.

Er lag mit offenen Augen in dem dunklen Zimmer. Das Leben schien ihm öde, bedeutungslos. Sein Herz pochte beklemmend, im Mund hatte er einen metallischen Geschmack. Irgendwo lauerte Traurigkeit, die, hätte er sich ihr hingegeben, wie ein Wolkenbruch niedergefallen wäre, das wüste, trockene Land bewässert, ihn ertränkt oder zum Leben erweckt hätte. Er wehrte sie ab, beschloß, noch einen Versuch zu unternehmen, sich zusammenzureißen, sich aufzuraffen und hoffnungsvoll in die Zukunft zu blicken. Er setzte sich auf und dachte, nun sei er gesund, alles, was war, sei nun vorbei, auch die Träume und alles, was damit zusammenhing. Er sah sich im Spiegel, im Mondlicht erblickte er eine ausgemergelte, magere Gestalt, die die knochigen, schmalen Schultern gebeugt hielt, ein geschrumpftes, verdorrtes Wesen. Er fühlte ein unbestimmtes Mitleid mit sich selbst, auch in ihm lag Trauer, und auch dieses Gefühl drängte er zurück. Er richtete sich gerade auf, atmete tief ein, setzte eine zuversichtliche Miene auf, die sich zur spöttischen Grimasse verzerrte, was er sofort korrigierte, dann dachte er, daß er weit weg gewesen war, auf einer langen Reise, die er glücklich überstanden hatte.

Glücklich?

Im Zimmer herrschte Chaos. Es mußte Mitternacht sein, und er hatte schrecklichen Hunger. Welcher Tag war heute? Womöglich war die Reisegruppe schon nach Finnland zurückgeflogen … Wo war seine Frau, wo seine Tochter Ursula? Was tat er in diesem Rattenloch, in dem man nicht einmal Licht machen konnte? Wie lange hatte er hier gelegen? Wie hieß seine Krankheit? War es nur ein Sonnenstich?

Er wollte auf den Hof gehen und rufen, wollte die Hotelgäste wecken und Antwort fordern. Was wußten sie, würden sie ihm sagen können, was passiert war?

Ohne Licht kann man nicht nachdenken, sagte er sich. Ich muß eine Glühbirne auftreiben … Er zog eine Hose an, wusch sich das Gesicht, schob die Flaschenkästen beiseite, die aus unerfindlichen Gründen vor der Tür standen, und trat hinaus. Auf dem Flur taumelte er von einer Wand zur anderen, bis er sein Gleichgewicht fand und den Weg zum Foyer einschlug. Der Nachtportier blickte auf, er wirkte ein wenig beunruhigt, als er Seppo sah.

»Glühbirne!« sagte Seppo und deutete auf die Deckenlampe. Der Mann verstand ihn nicht gleich, und Seppo mußte deutlicher zeigen, was er meinte. Auf dem Tisch stand eine Lampe, er zeigte darauf und machte die Gebärde des Einschraubens. Der Mann hob die Brauen und holte aus dem Hinterzimmer eine Glühbirne. Auf dem Tisch lag ein belegtes Brot, Seppo deutete darauf und dann auf sich selbst, tat, als würde er essen, und wieder verstand ihn der Mann. Es dauerte ein paar Minuten, dann kam er mit einem Brötchen zurück, das mit Schinken und Käse belegt war. »Drink?« Seppo nickte und bekam eine Flasche Coca-Cola.

Er saß bei heller Beleuchtung auf dem Bett, und Stück für Stück kehrten die Ereignisse der vergangenen Tage in sein Gedächtnis zurück. Elisabet, Amar und er in der glühenden Wüstensonne, der Sonnenstich und die dadurch hervorgerufenen seltsamen Visionen. Ursula, die sich im Sand vergraben hatte, oder nicht? Er erinnerte sich, daß Vainikainen ihm davon berichtet hatte, und Marja Lavén auch, aber sicher war er nicht, vielleicht hatte er das nur geträumt. Ben war aus Jerusalem gekommen und mit Elisabet irgendwo hingefahren, um Ruinen zu besichtigen, in denen fast tausend Juden Selbstmord begangen hatten, das zumindest hörte sich sehr wirklich an. Er nahm sich vor, langsam und besonnen vorzugehen, mit der Zeit würde sich alles aufklären.

Er fing an, Ordnung zu schaffen. Bedächtig sammelte er das Gerümpel vom Fußboden, stopfte den Abfall in einen Plastikbeutel und stapelte die Kisten draußen, auf dem Flur neben seiner Tür. Danach fegte er das Zimmer aus, und zuletzt wischte er den Fußboden mit einem feuchten Tuch. Schließlich wusch er sich, rieb sich mit einem nassen Handtuch ab, putzte sich die Zähne, rasierte sich. Er strich Salbe auf seine verbrannte Haut. An Armen und Beinen lösten sich Hautfetzen. Als er sie abriß, erfüllte ihn Befriedigung, als hätte er sich von etwas Altem, Verbrauchtem befreit, etwas Neues, Frisches hervortreten lassen, sich buchstäblich gehäutet. Jetzt war er munter, in seinem Kopf kreisten glasklare Gedanken. Es war Freitag, der vorletzte Tag vor der Heimreise. Den vor ihm liegenden Tag würde er in seinem Zimmer verbringen, den Blikken der Reisegruppe wollte er sich nicht aussetzen, und er würde sich auch nicht an den Swimmingpool setzen, um das Geturtel zwischen seiner Frau und ihrem Liebhaber zu bewundern. Auch im Speisesaal würde man ihn nicht zu Gesicht bekommen, er konnte sich ja die Mahlzeiten aufs Zimmer bringen lassen, immerhin mußte es im Hotel einen Zimmerservice geben. Nachdem er geputzt und im Schrank frische Bettwäsche gefunden hatte, war das Zimmer einigermaßen gemütlich, und falls ihn Hitze oder Sauerstoffmangel plagten, würde er am Abend oder auch in der Nacht einen Spaziergang machen. In die Sonne wollte er wirklich nicht mehr, davon hatte er genug. Ein Spaziergang in der milden Nacht wäre angenehm, man wurde nicht von anderen Touristen belästigt, und wenn er Lust hatte, konnte er im Pool schwimmen, auch im Meer, wenn ihm danach zumute war.

Den Tag würde er mit Kreuzworträtseln hinbringen, er hatte ja mehrere mitgenommen und noch keine Zeit gefunden, sich auch nur mit einem ausgiebiger zu beschäftigen. Auch ein paar Bücher hatte er als Reiselektüre dabei, er würde sich die Zeit schon vertreiben.

Elisabet war für ihn gestorben. Was zu Hause geschehen würde, hatte er noch nicht entschieden. Sollte ihm der Liebhaber trotz allem irgendwo begegnen, würde er ihn mit kühler Freundlichkeit behandeln, hatte er doch das Gefühl, daß der Mann irgendwie unschuldig war. Wenn Ursula ihm lästig würde, wenn sie noch einmal auf einen so absurden und dummen Einfall käme wie den, sich im Sand zu vergraben, dann würde er sie in aller Ruhe schmoren lassen. Eine Weile hatte sich seine Tochter als menschliches Wesen gezeigt, und er hatte sich ihr nahe gefühlt, aber auch das war sicher ein Trugbild gewesen. Er verstand Ursula nicht, würde sie wahrscheinlich nie verstehen. Bei einer Scheidung würde die Tochter sowieso der Mutter zugesprochen werden, was nützte es also noch, zwischen ihnen etwas in Ordnung bringen zu wollen? Was geschehen war, war geschehen, und sie war ja auch schon groß, im Sommer wurde sie fünfzehn.

Sein eigenes Leben, nun, das würde ablaufen wie bisher, letzten Endes war er doch ganz zufrieden. Dennoch spürte er Bitterkeit, auch Haß. Er versuchte, an etwas anderes zu denken, und da fiel ihm ein, daß der Mann aus Oulu ihn der Trunksucht bezichtigt hatte, worüber er so in Wut geriet, daß er seine Shorts packte und auf den Boden schleuderte. Dann erinnerte er sich, daß ja auch das nur ein Traum gewesen war, er legte die Shorts in den Koffer und überlegte, was er sonst noch einpacken sollte und was er auf der Heimreise anziehen würde.

Auf dem Fußboden lag ein Briefchen, es war aus der Tasche der Shorts gefallen. Auf dem Brief stand »An Seppo Sirén«, er war von Ursula. Sie hatte ihm früher schon gelegentlich geschrieben, in großer, ungelenker Handschrift. Der Portier hatte ihm den Brief gegeben, als er von seiner Wanderung zurückgekehrt und in den Speisesaal gegangen war. Er hatte nicht die Kraft gehabt, ihn zu lesen, hatte kaum begriffen, daß er einen Brief bekommen hatte. Er hatte ihn in die Tasche gesteckt und vergessen.

»Vater! Komm an den Strand, wenn Du Zeit hast! Der Strand ist in der Nähe des Hotels, es gibt da Sonnenschirme aus Stroh. Geh nicht bis dahin, wo die Bootsstege und Segelboote sind, bleib beim ersten Sprungturm. Ich erwarte Dich dort. Ursula.«

Er zerriß den Brief und warf ihn in die Abfalltüte. Dann packte er seine restlichen Sachen ein und stellte den Koffer neben der Tür an die Wand. Es war schön, den gepackten Koffer zu sehen, er zeigte an, daß das Schlimmste überstanden und die Reise bald vorbei war, daß Heimkehr und Alltag bevorstanden. Tatsächlich sehnte er sich danach, er sah das graue Amtsgebäude vor sich, umringt von Betonkolossen, und der Gedanke, dorthin zurückzukehren, war ihm durchaus nicht unangenehm.

Er zog frische Sachen an und dachte, darin würde er sich in der restlichen Zeit wohl fühlen. Die Reisekleidung hing im Schrank. Er nahm ein Buch in die Hand, konnte sich aber nicht konzentrieren. Seine Gedanken schweiften ab, irgend etwas plagte ihn, und so fing er an, einen Brief zu schreiben. Zuerst wußte er nicht, an wen er ihn richten sollte, Freunde hatte er nicht, dann fiel ihm Dr. Syvärinen ein, ein wirklich sympathischer, ruhiger und ausgeglichener Mann.

»Sehr geehrter Herr Dr. Syvärinen!

Ich schreibe Ihnen aus Eilat, dem Ferienort in Südisrael, am Roten Meer. Wir sind vor zwei Tagen hier angekommen; im Land befinden wir uns schon seit fast drei Wochen. Zuerst waren wir in Tiberias, dann in Jerusalem, und hier verbringen wir nun die restlichen Urlaubstage, die Heimreise ist für übermorgen vorgesehen.«

Irgend etwas veranlaßte ihn aufzuhören, er machte das Licht aus und sah durch die Gitterstäbe auf den Hof. Die Wände, die ihn einrahmten, und die dunklen Fenster wirkten düster und verlassen. Der Mond beleuchtete das Becken, sprenkelte die Wasserfläche, als glühe Phosphor auf ihr. Die Sterne leuchteten groß, klar und kalt, durch die Glastür am Ende des Hofs fiel ein wenig Licht, dort wachte der Nachtportier. Er schrieb weiter.

»Ich für mein Teil kann sagen, daß die Reise sehr gut organisiert war. Wir hatten gutes Wetter, bekanntlich ist der Frühling hier die schönste Jahreszeit. Nennenswerte Unruhen hat es nicht gegeben, die Menschen sind freundlich und hilfsbereit, die Mitreisenden erträglich, und der Reiseleiter ist mit der Kultur des Landes durchaus zufriedenstellend vertraut, wenn ich auch in einigen Einzelfragen größere Genauigkeit erwartet hätte. Alles in allem kann man sagen, und ich zitiere hier einen meiner Mitreisenden, daß die biblische Geschichte auf eindrucksvolle Weise lebendig geworden ist.«

Früh am Morgen, kurz vor sieben, schien die Sonne in sein Zimmer. Er hatte fast die ganze Nacht gewacht, er war nicht müde gewesen. Er hatte den Brief geschrieben, auf dem Bett gelegen und über alles mögliche nachgedacht, über sein Leben, über die Reise, und schließlich war er in einen leichten Schlaf gefallen. Im Schlaf hatte er ein Klopfen gehört und eine Stimme, die ihn bat, herauszukommen. Es war Ursulas Stimme. Dann hatte er geträumt, daß Ursula auf dem Getränkeautomaten hockte und ihn durch die Gitterstäbe beobachtete.

»Komm raus, Vater!« hatte sie gesagt.

Seppo hatte sich gefürchtet, nicht vor Ursula, sondern vor allem, was da draußen war.

»Wie denn?« hatte er gefragt.

»Steh von diesem jämmerlichen Bett auf, geh zur Tür, öffne sie und komm heraus!«

»Ich kann nicht.«

»Doch, du kannst.«

»Ich kann nicht«, hatte er gejammert.

Ursula hatte ihn mit ernster Miene angesehen. »Du kannst es, wenn du *glaubst*«, hatte sie gesagt.

»Woran?« hatte er ängstlich gefragt, und davon war er aufgewacht.

Er hörte Geräusche vom Hof, das Knarren des Sprungbretts, das dumpfe Poltern beim Absprung, das Geplätscher beim Eintauchen und beim

Schwimmen. Verschlafen stand er auf, zog die Vorhänge zurück. Das Licht strömte herein, so hell, daß es schmerzte.

Er legte die Hand über die Augen, schwankte, hielt sich am Tisch fest. Die Sonne kam hinter dem Dach hervor und spiegelte sich im Schwimmbekken. Das Wasser funkelte und glitzerte und brachte den ganzen Hof zum Flimmern. Als seine Augen sich an das Licht gewöhnt hatten, sah er, wie eine Gestalt die Leiter hinaufkletterte, ans Ende des Sprungbretts ging, sich umdrehte, so daß sie mit dem Rücken zum Wasser stand. Dort breitete sie die Arme aus und blieb reglos stehen, hoch aufgerichtet und schön.

Ein Engel!, dachte er.

Das Wesen schien zu leuchten, nicht allein von der Sonne; Lichtstrahlen gingen von ihm aus wie von einem Glorienschein. Seppo rieb sich die brennenden Augen und sah, wie die Gestalt wippte, absprang und nach einem geschmeidigen Salto in der Luft kopfüber ins Wasser tauchte.

Der Engel stieg aus dem Wasser und kam auf ihn zu. Seppo lachte auf, das war ja Ursula!

»Ursula!« rief er, und das Mädchen blieb vor seinem Fenster stehen. Ihr Gesicht war blaß und ausdruckslos. Sie wandte sich ab, als sei ihr plötzlich etwas eingefallen, lief ans andere Ende des Hofs, wo sie ihre Tasche gelassen hatte, nahm einen Brief heraus und legte ihn auf den Getränkeautomaten. Er war an Seppo adressiert, wie auf dem vorigen Brief stand darauf in sorgfältiger Schönschrift »An Seppo Sirén«.

»Guck!« sagte sie. »Jetzt mußt du zuschauen. Ich habe ihn gelernt...« Sie rannte zum Sprungbrett. »... den Salto rückwärts!«

Ursula kletterte hinauf, und als sie am Ende des Sprungbretts angekommen war, zog Seppo den Vorhang zu. Das Licht blendete zu stark, er fürchtete, Kopfschmerzen zu bekommen und wieder krank zu werden, und das wollte er wirklich nicht, stand doch morgen die Heimreise an. Außerdem hatte er ja schon gesehen, daß seine Tochter springen konnte, und sie sprang gut, er war stolz auf sie.

Er hörte das Sprungbrett poltern und legte sich aufs Bett. Salto, was für ein Wort, komisch, daß es ihm in den Kreuzworträtseln noch nicht begegnet war. Er griff nach einem von ihnen und starrte darauf.

Vom Hof war nichts mehr zu hören, er dachte, daß seine Tochter zu springen aufgehört hatte und daß es nun endlich still sein würde. Er trug ein Wort in das Rätselheft ein, dann ein zweites, betrachtete ein schwarzes Quadrat in einem der Kästchen und überlegte, welches Geheimnis dahinterstecken mochte. Er gähnte, bald würde er frühstücken. Er warf einen Blick auf die Uhr, viertel nach sieben, es wurde schon Frühstück serviert, vielleicht sollte er doch in den Speisesaal gehen, um diese Zeit war noch niemand da. Er stand auf und zog den Vorhang zurück, vielleicht würde Ursula mitgehen, er schaute auf den Hof und über das funkelnde Wasser und sah zuerst nichts. Er blickte genauer hin, entdeckte etwas im Wasser, die schwebenden langen Haare, dann den Kopf und das Gesicht, das im

Gegenlicht nicht zu erkennen war, den Körper, der merkwürdig verkrümmt und steif auf die Mitte des Beckens zutrieb. Er hielt sich an den Gitterstäben fest und beugte sich vor, um besser zu sehen, da begann das Mädchen langsam zu versinken.

Mit einem Satz war er an der Tür, riß sie auf, lief den Gang entlang, stürzte auf den Hof. Der Nachtportier stand wie gelähmt vor der Glastür und starrte auf die Ertrunkene. Das Gesicht war unter Wasser, blaß und ausdruckslos, die Augen standen offen, sie waren starr auf Seppo gerichtet. Er sprang ins Becken, tauchte, packte Ursula und zog sie an den Rand, dort hockte der Mann und versuchte, sie herauszuziehen, aber er schaffte es nicht. Seppo stieg aus dem Becken, sie zogen gemeinsam, und gerade, als sie es zu schaffen schienen, entglitt ihnen der Körper und rutschte wie eine Steinplatte ins Wasser. Seppo tauchte abermals, zog das Mädchen über Wasser, er schob von unten, der Mann zog von oben, sie spannten all ihre Kräfte an und brachten sie aufs Trockene.

Seppo legte seine Hände auf ihren Brustkorb und preßte ihn, legte seinen Mund auf ihren und blies, preßte wieder und blies, niemals würde er den kalten, glatten Mund vergessen. Er arbeitete fieberhaft, panisch, als hätte sein Versuch, Ursula zu retten, irgendeinen Nutzen. Dabei wußte er, daß das Mädchen so leblos war, wie sie aussah. Tot.

»Dead«, sagte der Mann. — »Dead!«

Er legte sein Ohr auf ihre Brust, die Hand an

ihren Hals, wieder das Ohr auf die kalte, nasse Brust – nichts war zu hören. Das Herz, dachte er, wo ist ihr Herz? Irgendwo muß es schlagen …

»Dead«, sagte der Mann wieder, diesmal streng, als verstünde Seppo nicht, worum es ging. Wollte er nicht endlich einsehen, daß das Mädchen tot war?

»Einen Arzt, schnell einen Arzt … Doctor!« sagte Seppo, und der Mann ging.

Ursula wurde in einen Raum hinter der Rezeption getragen, an der Tür stand »Management«. Es war ein kleines, schlichtes Zimmer mit einem Schreibtisch, Jalousien am Fenster und einem Sofa. Der große Körper, verkrümmt und steif, paßte nicht darauf, sie legten ihn auf den Fußboden. Ein junges Mädchen, das am Computer gearbeitet hatte, wich entsetzt in die hintere Ecke des Zimmers zurück. Das Telefon klingelte, aber niemand nahm ab. Der Arzt kam sofort, ohne Zögern begann er, Ursulas Brust in der Herzgegend zu massieren, hörte auf, legte sein Ohr auf ihre Brust, massierte erneut. Vainikainen kam herein, sah Seppo an.

Die Wirbelsäule war gebrochen. Ohne Obduktion ließ sich die Todesursache nicht mit Gewißheit feststellen, aber der Arzt war sich seiner Sache ziemlich sicher.

»Unbegreiflich«, sagte er, und Vainikainen übersetzte.

»Beim Springen ist es passiert?«

Seppo erzählte, er habe es zwar nicht selbst gesehen, glaube aber, seine Tochter sei rückwärts gesprungen und habe in Querrichtung eine Drehung in der Luft gemacht. Einen Salto rückwärts.

Vainikainen übersetzte. »Trotzdem ist es unbegreiflich«, sagte der Arzt. Vainikainen sah Seppo an. »Sie hatte sich wohl zuviel vorgenommen«, sagte er.

Seppo und Elisabet hatten Grund zur Zufriedenheit, denn die notwendigen Maßnahmen zur Überführung der Leiche wurden mühelos und schnell erledigt. Das war Vainikainen zu verdanken, er handelte mit bewundernswerter Entschlossenheit und Effektivität. »Ich sage es nicht gern, aber ich habe mich schon mehrmals in dieser Situation befunden, zuletzt vor einem Jahr, als ein alter Mitreisender hier an einem Herzinfarkt verschied«, erzählte er.

Ursula wurde ins Krankenhaus gebracht und offiziell für tot erklärt. Da es heiß war, wurden sie gefragt, ob die Tote einbalsamiert werden sollte, aber wenn alles planmäßig verlaufe, sei das nicht nötig. Vainikainen hatte sich schon mit der Fluggesellschaft in Verbindung gesetzt, hatte für die Eltern und für die Tote Plätze in der Linienmaschine auf dem Inlandflug nach Tel Aviv gebucht. Dort hätten sie Anschluß an die Maschine, mit der sie ohnehin nach Finnland zurückgeflogen wären.

Elisabet fuhr zum Krankenhaus, sie wollte Ursula sehen. Seppo und Elisabet gingen gemeinsam in die Leichenkammer. Mit versteinertem Gesicht betrachtete Elisabet ihre tote Tochter. Neben ihr stand ein Bleisarg, darin würde sie reisen. Vainikainen wartete in der Halle, sie fuhren auf die Polizeiwache, dort wurden ihnen Fragen gestellt, und schließlich füllte Seppo mit Hilfe des Reiseleiters einige Papiere aus, die zusammen mit dem im Krankenhaus ausgestellten Totenschein für die Auszahlung der Reiseversicherung notwendig waren.

»Ben ist nach Jerusalem gefahren«, sagte Elisabet im Taxi, das sie wieder ins Hotel brachte. Ursula hatte ihre letzte Nacht in Bens Auto zugebracht. Ben war dagegen gewesen und hatte gesagt, sie könnten für Ursula ein eigenes Zimmer nehmen, aber das Mädchen hatte sich geweigert. »Sie *wollte* in Bens Auto schlafen«, sagte Elisabet, wie um sich zu verteidigen.

Am Abend saß Seppo am Fenster und schaute hinaus. Er sah Ursulas Tasche auf dem Hof, holte sie und stellte sie neben seinen Koffer an die Wand. Elisabet hatte ihm ein Schlafmittel gegeben, aber er brauchte es nicht, er würde auch so einschlafen. Er war sehr müde, wie betäubt.

Elisabet klopfte. »Darf ich hereinkommen?« Seppo öffnete die Tür, seine Frau trat über die Schwelle, setzte sich aufs Bett und starrte wortlos vor sich hin. Auch sie sah sehr müde aus, unter ihren Augen lagen tiefe Schatten, sie wirkte fremd und abwesend. Sie streckte sich auf dem Bett aus und schlief ein. Die Tür stand noch offen, Seppo machte sie zu. Er nahm Ursulas Brief vom Tisch, zog ihn aus dem Umschlag und las ihn endlich.

»Es ist fünf Uhr morgens. Die Sonne geht auf. Die Reise ist bald zu Ende. Sie war lang und schwierig, aber ich glaube, daß ich sie selbst gewählt habe, wie die anderen Reisen auch. Es lohnt sich nicht zu verreisen, wenn man nichts lernt, und hier habe ich wenigstens gelernt, zu schwimmen und in der Luft einen Salto zu schlagen. Ich bin zufrieden, aber glücklich bin ich immer noch nicht. Ich schreibe Dir, obwohl ich auch diesen Brief ebensogut nach Trinidad schicken könnte. Wo ist Trinidad? Hört sich nach Süden an. Sich wiegende Palmen und der Ozean. Tiger im Dschungel und fremdartige Vögel in den Bäumen. Große Schildkröten unter Wasser. Das Wasser ist grün und durchscheinend und warm. Sehr warm. Ich möchte dorthin, aber ich weiß nicht, wo es ist. Auch die Liebe ist die ganze Zeit um uns herum, aber wir finden sie nicht. Auch sie ist durchscheinend, und deshalb sieht man sie nicht. Die Karten sind verschwunden, und niemand kann uns den Weg zeigen. Irgendwo war ein Kompaß, aber die Nadel ist abgebrochen. Es ist fünf Uhr morgens, und der Mond am Himmel verblaßt, er beginnt einer lauen Sonne zu gleichen. Die Nacht, die klarste, die ich je erlebt habe, geht zu Ende, der blaue Tag beginnt. Die Vögel schwingen sich in die Höhe und beginnen zu singen. Manche fliegen so hoch, daß sie erfrieren und auf die Erde fallen. Eisige Vögel fallen vom Himmel, aber ich nicht. Falls es Dich ein wenig tröstet, Vater, auch ich bin ein Vogel. Wenigstens für kurze Zeit, ja, nur für kurze Zeit. Zwischen Licht und Schatten, zwischen Heiß und Kalt ist ein leerer Raum, er könnte ein Zuhause sein, aber er ist keins. Das Zuhause ist Trinidad. Vielleicht begegnen wir uns dort. Ursula.«

III

Sehr geehrter Herr Dr. Syvärinen, ich war auf einer Urlaubsreise in Israel mit meiner Frau und meiner vierzehnjährigen Tochter. Unsere Reise endete in Eilat, der Stadt im südlichsten Zipfel des Landes, der Urlaubsoase am Roten Meer. Die Sonne scheint dort dreihundertsechzig Tage im Jahr, es ist sehr warm, die Wassertemperatur sinkt nur selten unter zwanzig Grad. Das Wasser ist klar, das Tauchen ein Genuß, die Korallen sind einzigartig in der Welt.

Die Reise war sehr gut organisiert, die Mitreisenden waren erträglich, und der Reiseleiter wußte viel über die Kultur des Landes, dessen Vergangenheit er auf eindrucksvolle und interessante Weise zum Leben erweckte. Wenn Sie eine Reise in den Süden planen, kann ich Ihnen diesen Ort empfehlen, besonders wenn Sie Kinder haben, ist er ideal. Einigermaßen preiswert, sauber und noch nicht von Touristen überlaufen.

Ich weiß nicht, ob Sie sich an mich erinnern, ich bin Seppo Sirén vom Finanzamt. Ich hatte Sie aufgesucht, weil sich auf meiner Stirn überraschend eine Beule gebildet hatte – erinnern Sie sich? Sie wußten auch nicht, was die Ursache war, und ich sagte, dann verwandle ich mich wohl gerade in einen einhörnigen Schafbock!

Sie lachten, forderten mich auf, wiederzukommen, wenn die Beule nicht verschwinden würde, und ich versprach es. Ich hatte keinen Grund zu einem zweiten Besuch, aber während der Reise habe ich Ihnen einen Brief geschrieben, er wurde nur zur Hälfte fertig, und obwohl ich ihn nicht abschicken werde, schreibe ich ihn nun zu Ende.

Seppo legte den Stift auf den Tisch und schaute hinaus. Ursula war kurz nach der Reise beerdigt worden. Der Leichenschmaus hatte zu Hause in der Majavastraße stattgefunden, fast alle Anwesenden waren Verwandte von Elisabet. Einen Monat später hatte Elisabet erklärt, sie werde nach Israel zurückkehren, sie hatte erzählt, sie sei schwanger. Als Seppo von der Arbeit kam, hatte sie Ursulas Kleider in Pappkartons gepackt, hatte gesagt, sie würde sie der Heilsarmee geben, und ihre eigenen Wintersachen hatte sie auf den Dachboden gebracht. Sie wollte sie irgendwann im Herbst abholen, wenn sie nach Finnland kam. Dann würde wohl auch die Scheidung eingereicht? Seppo nickte, er hatte nichts dagegen.

Er begleitete Elisabet zum Flughafen. Zu Hause wurde ihm bewußt, daß in ein paar Wochen der Sommerurlaub begann. Die Wohnung war still und leer, er überlegte, was er tun könnte, ging in sein Zimmer und schaltete den Computer ein. Ein Vogel, der auf einem Zweig vor dem Fenster saß, fesselte seine Aufmerksamkeit. Der Vogel saß reglos und starrte ihn an, lange starrten sie sich gegenseitig an, von Staunen überwältigt. Wer bist du?, schien der Vogel zu fragen. Wer bist du?, fragte Seppo ihn. Dann flog der Vogel davon, und Seppo richtete seinen Blick auf den Bildschirm. Er schrak zurück vor dem, was dort stand.

»Vater! Mutter möchte, daß ich Dir zur Übung einmal in der Woche einen Brief schreibe. Hier ist er. Ursula.«

»Vater! Der Brief hat Mutter nicht gefallen, ich sollte schreiben, daß wir den ganzen Tag Topflappen für den Basar gehäkelt haben. Draußen ist es bewölkt, aber trocken, abends kann es Regenschauer geben. Ursula.«

»Vater! Ich habe eine große Prellung am Kopf. Mutter sagt, das kommt daher, daß ich auf der Treppe gefallen bin, aber das ist nicht wahr. Ich habe Vorlesen geübt, und als ich ein Wort falsch ausgesprochen habe, da hat mich Mutter mit der Faust auf den Kopf geschlagen. Ursula.«

»Vater! Ich liebe das Leben, ich liebe das Leben, ich liebe das Leben! Ursula.«

Seppo hatte die Briefe vor Jahren von ihr bekommen, und sie hatte sie vor der Reise in den Computer eingetippt. Seppo begann sich zu fürchten, in seine Furcht mischte sich Abscheu. Er hatte Elisabet die Briefe gezeigt, die hatte geweint und sich über die Undankbarkeit ihrer Tochter beklagt, und Seppo mußte versprechen, Ursulas Briefe künftig nicht mehr zu lesen. Also hatte er all die zusammengefalteten, mit Klebstreifen verschlossenen Zettel und sorgfältig zugeklebten Briefumschläge, die er von Ursula bekam, zerrissen und weggeworfen.

Nun waren sie auf dem Bildschirm. Oder hatte Ursula sie erst später, vor der Reise, verfaßt?

»Vater, geh mit mir ins Kino! Ich habe in der Zeitung einen Film ausgesucht. Starman. BIO-BIO. Ich erwarte Dich um 18.30 Uhr im Flur. Ursula.«

»Vater! Ich MUSS in die Schule kommen! Ich bin nicht blöd, mein Gehirn ist nicht geschädigt, obwohl ich viele Schläge auf den Kopf bekommen habe und auf dem rechten Ohr taub bin. Ich habe Deine halbfertigen Kreuzworträtsel gesammelt und alles ausgefüllt, was Du nicht wußtest. Sie liegen bei. Ursula.«

»Vater! Ich war heute drei Stunden in der Kleiderkammer eingesperrt. Hatten Besuch. Ursula.«

»Vater! Geh doch mit mir ins Kino! Du brauchst dich meinetwegen nicht zu schämen, ich verspreche Dir, mit krummem Rücken und gebeugten Knien zu gehen, damit ich nicht größer aussehe als Du. Im Flur wie immer, 18.30 Uhr. Ursula.«

»Vater? Bin ich furchtbar häßlich? Ursula.«

»Vater! Ich lese Bücher und höre Musik, ich VERSUCHE, ein Mensch zu werden. Ich gehe zur Sprachtherapie und komme endlich in die Schule. Ursula.«

»Vater! Du hast lange nach Deinen Lederhandschuhen gesucht, such sie nicht mehr. Mutter hat sie dem Pastor gegeben, weil er so kalte Hände hatte. Ursula.«

»Vater! Mutter hat Dir neue Handschuhe gekauft und sie hinter dem Schrank versteckt. Sieh da nach! Ursula.«

»Vater! Wir waren in Marokko. Mutter hat mir Schlaftabletten gegeben, und ich habe viel geschlafen. In unserem Zimmer war Tag und Nacht ein Mann – wenn ich wach war, verhielt er sich mir gegenüber ungewöhnlich freundlich. Ursula.«

»Vater! Wir waren wieder in Marokko. Diesmal ist Marja Lavén mitgefahren. Dieser Mann war wieder mit Mutter zusammen. Ich habe mir die Lippen angemalt, und Marja hat mich gezwungen, mir fünfmal das Gesicht zu waschen. Als ich mich an das Waschbecken gelehnt habe, fiel es herunter, und ich habe es zu Marja getragen und gesagt: Wasch dich doch selbst! Ursula.«

»Vater! Ich habe Mutter gebeten, mir einen Büstenhalter zu kaufen, aber sie fing an zu weinen und sagte, immer wolle ich etwas haben und ob das denn nie aufhöre. Ich bin ins Badezimmer gegangen und habe die Gummienten schwimmen lassen, und da hat sie sich gleich beruhigt und mich auf den Schoß genommen. Ich werde in einem Monat dreizehn. Ich liebe Mutters Schoß, er ist mein Gefängnis. Ursula.«

»Vater! Wenn ich das nächste Mal auf Mutters Schoß sitze, komm und bitte mich, mit Dir a) zu joggen, b) ins Kino zu gehen, c) Kreuzworträtsel zu lösen oder an Deinem Computer zu üben. Wenn Mutter weint und sagt, niemand hätte sie lieb, dann sag ihr, daß wir nicht weit weggehen und bald wiederkommen. Ursula.«

»Vater! Hab keine Angst vor Mutter! Sag nur unverzagt, wir gehen jetzt a) joggen, b) ins Kino, c) Kreuzworträtsel lösen oder am Computer üben! Wenn sie Gewalt anwendet, verteidige ich Dich. Ich übe heimlich Karate. Ursula.«

»Vater! Dann bringen wir sie eben um! Ursula.«

»Vater! Heute habe ich versucht, den Pastor umzubringen, der Deine Handschuhe genommen hat, aber ich konnte ihm nur den Finger abbeißen. Ursula.«

»Vater! Heute habe ich eine Stunde lang mit einem Messer in der Hand vor Deiner Tür gestanden. Warum bist du nicht gekommen und hast mich aufgefordert, mit dir a) zu joggen, b) ins Kino zu gehen, c) Kreuzworträtsel zu lösen oder am Computer zu üben? Jetzt ist es zu spät. Ursula.«

»Vater! Morgen zünde ich Dein Zimmer an. Ursula.«

»Heute hänge ich mich auf.«

»Morgen brenne ich dieses Haus nieder.«

»Heute bringe ich uns alle um.«

»Vielleicht singe ich auch nur.«

»Lieber Vater!

Die Zeit vergeht so schnell, und ich habe meine wenigen Mittel ausgeschöpft. Nichts hat bei Dir verfangen, oder Du hast nie gelesen, was ich Dir geschrieben habe. Ich habe Angst. Ich dürfte mich nicht fürchten, ich wußte ja, daß ich wenig Zeit habe und daß meine Möglichkeiten begrenzt sind. Und dennoch. Ich liege auf dem Grund einer Schlucht, und oben, hoch oben weht der Wind, und die Landschaft tut sich auf, und immer, in jeder Minute denke ich, daß ich auch dahin gelangen müßte. Dort sind alle anderen, auch ihr, nicht verzerrt wie hier im Abgrund. Oder mir ist, als wären um mich herum Tonnen von Wasser. Das Wasser ist klar, kristallklar, so daß ich alles deutlich sehe, oft zu deutlich. Wasser verzerrt, und ich habe das Gefühl, alles ist nahe, und dann ist es doch weit weg, Lichtjahre entfernt. Im Wasser hört man nicht, was gesagt wird, und man kann sich nicht richtig bewegen, und ich müßte mich bewegen können wie ihr, die ihr nicht im Wasser seid, um zu euch zu gelangen. Warum hat man mich in den Abgrund gesteckt? Warum mußte gerade mir dieses Unrecht geschehen?, frage ich, weil ich nicht glaube, daß ich selbst hierher kommen wollte.

Ich weiß nicht, ob ich von da zurückkehre, wohin wir reisen. Deshalb hinterlasse ich diese Zeilen in Deinem Computer, ich hätte gern gründlicher gelernt, wie man ihn bedient. Ich habe ihn in Deiner Abwesenheit heimlich untersucht und verstehe nun ein wenig besser, warum Du ihm so zugetan bist.

Und dennoch.

Du hast doch ein Herz, oder nicht?

Ich glaube doch, daß ich zurückkomme. Ich kann ja schwimmen. Wenn mir nichts anderes mehr einfällt, fange ich an zu schwimmen. Ich führe Dir meine Schwimmkünste vor, und Du rufst: ›Ist das mein Kind, ist das Ursula?‹ Wenn Du das nicht tust, wenn Du nicht einmal merkst, daß ich schwimme, fange ich an, vom Sprungbrett zu springen. Ich mache einen Salto rückwärts, und spätestens dann wirst Du rufen: ›Ich traue meinen Augen nicht, ist das wirklich Ursula?‹

Vater, ich will an die Oberfläche kommen, ich wünsche es mir so dringend, ich dürfte es mir nicht so sehr wünschen, denn dann … Wenn man sich etwas zu sehr wünscht, bekommt man es vielleicht nie. Aber womöglich besteht sowieso keine Hoffnung für mich, und dann kann ich mir soviel wünschen, wie ich nur will. Ich bin jedoch optimistisch, und deshalb trete ich die Reise voller Hoffnung an. Ursula.«

Seppo versuchte, den Brief an Dr. Syvärinen zu Ende zu schreiben. »Lieber Herr Doktor, ich bin Seppo Sirén, ich war auf einer Urlaubsreise im Süden mit meiner Frau und meiner Tochter. Meine Tochter starb unterwegs, und meine Frau hat mich verlassen. Das war vor über einem halben Jahr. Ich habe nicht nur sie verloren, sondern mir ist ein Stück meiner selbst abhanden gekommen, ein Leitgedanke, um den sich mein Leben rankte. Die Kennziffer, der Arbeitsplatz im Finanzamt und der Computer sind mir geblieben. Heute schneit es. Erinnern Sie sich an mich? Es ist schon so lange her, ich suchte Sie auf, weil sich auf meiner Stirn überraschend eine Beule gebildet hatte. Ich bin Seppo Sirén, ich war im Urlaub im Süden und habe etwas verloren ... Ursula ... sie war meine Tochter ... mein Herz ...«

Das Telefon klingelte, Seppo nahm den Hörer ab. Ein R-Gespräch aus Jerusalem, von Elisabet. Sie weinte die ganze Zeit und legte schließlich auf. Am nächsten Tag rief sie wieder an. »Ich komme jetzt nach Hause«, sagte sie. »Ich kann hier nicht sein, wenn ich nicht zuerst über Ursula spreche.«

Seppo verstand. Man kann nicht leben, wenn man nicht zuerst über Ursula spricht, dachte er und fühlte, wie sich in seinem Innern etwas öffnete, als hätte er endlich die Klinke heruntergedrückt, hätte seine Tür aufgestoßen und wäre herausgetreten.

»Zwischen uns ist auch alles andere ungesagt geblieben«, meinte Elisabet. »Wir müssen ganz von vorn anfangen.«

Seppo schwieg.

»Vielleicht bleibe ich ganz zu Hause.«

Seppo sagte nichts dazu.

»Ich erwarte ein Kind.«

Seppo fragte, wann sie ankäme, und versprach, sie vom Flughafen abzuholen.